三島由紀夫

# 小说とは何か

# 小说是什么

［日］三岛由纪夫 著　陆求实 译

GUANGXI NORMAL UNIVERSITY PRESS
广西师范大学出版社
· 桂林 ·

U0717762

惊奇 wonder
BOOKS

小说是什么　　　　　　出版统筹　周昀｜责任编辑　郑伟
XIAOSHUO SHI SHENME　　特约编辑　赵金｜封面设计　关于

**图书在版编目 (CIP) 数据**

小说是什么 : 三岛由纪夫的创作论 / (日) 三岛由
纪夫著 ; 陆求实译 . -- 桂林 : 广西师范大学出版社,
2025. 3. -- ISBN 978-7-5598-7662-1

Ⅰ. I313.074

中国国家版本馆 CIP 数据核字第 2025W18S25 号

出版发行　广西师范大学出版社
　　　　　地址：广西桂林市五里店路 9 号
　　　　　邮编：541004
　　　　　网址：www.bbtpress.com

出版人　　黄轩庄
经销　　　全国新华书店
发行热线　010-64284815
印刷　　　山东临沂新华印刷物流集团有限责任公司
　　　　　地址：山东临沂高新技术产业开发区工业北路东段
　　　　　邮编：276017
开本　　　787mm×1092mm　1/32
印张　　　6.5
字数　　　105 千字
版次　　　2025 年 3 月第 1 版
印次　　　2025 年 3 月第 1 次印刷
定价　　　48.00 元

如发现印装质量问题，影响阅读，请与出版社发行部门联系调换。

# 目录

# 写给立志当作家的人

　　小说家并不是想当就能当的。小说家在日后回顾的时候，往往会有种感觉，自己当初是因为不得已才当了小说家的。读新制高中[1]的时候，我对小说家、艺术家等只是懵懵懂懂地憧憬，直到后来方才领悟到，单单从美好的意义去理解作家和艺术家等概念，是不可能诞生真正的文学的。如果仔细读一读托马斯·曼数度修正的关于艺术家的定义[2]的话，想必诸位就能明白了。

　　假使想要验证一下，自己为什么非要当一名作家不可，最好的方法就是，尝试写作之外的东西，在现实生活的各

---

1　日本于 1946 年对全国学校教育制度及学校种别体系进行改革，将改革后的学校称为"新制"学校，而将之前的称为"旧制"学校。——除特别注明外，本书所有注释均为译者所加，以下同。

2　指托马斯·曼在其被称为"艺术家小说"的一系列作品中所表达的关于艺术与生活、艺术家与群众的关系的艺术观念。

个领域都尝试一下，如果发现任何一个尝试过的领域都不适合自己，那么等结果了然可见，再下定决心当一名作家也不迟。

从另一个方面来说，不论在现实生活各领域经受多少浸濡仍丝毫不受浸染，这才是世间最宝贵的质性，它被称为一个作家的本能，也就是诗人的本能。

一开始就沉溺进去的那种精勤，并不是真正的精勤。因此，诸位如果想成为一名作家或者艺术家，我倒觉得，硬着头皮沉入现实生活中去，这对于将来成为作家是一种必不可少的淬炼。

法国小说家福楼拜曾攻读法律。大致说来，外国小说家或者诗人当中学习法律或经济等学科的非常多。福楼拜说过："后来回想起来，当初学生时代我如果更加用功学习法律，让自己拥有一颗智慧的头脑的话，这对我的文学事业而言会是多么大的幸事啊。"拥有一颗智慧的头脑，对于小说家来说是首要之事。此外，一丝不乱的正确判断力，同时，不囿于抽象思维，拥有真切的现实生活常识也必不可少。只会用悲观的、伤感的眼光看待物事，那样的小说家是经不起检验的。

而拥有真切的现实生活常识在日本绝非一桩简单的事情。如果以外国人为例，外交官兼诗人、小说家的就有保罗·克洛岱尔[3]、保罗·莫朗[4]，还有让·季洛杜[5]，最典型的莫过于魏玛公国总理大臣歌德。英国近时则有人抛开贵族身份，去当了一名挖煤工，同时以不署名的方式发表匿名小说并获得不俗的评价，成为受人瞩望的新人作家。近代以来的法国更是如此，没有任何现实生活经验而成为作家的反倒是极为稀有的例子。而在日本，除了森鸥外，几乎找不出这样的作家。这其中一个原因是，日本的职业完全不尊重个人的生活自由，各种组织将个人生活完全束缚于其所从事的职业；另一方面，大概也因为日本人的体力或者说精力不足吧，像森鸥外那样睡眠时间少得令人惊讶，繁忙的军务与文学生活两立的模式，不是每个日本人都能望其肩项的。就以我自己的经验来说，白天当差，晚上回家之后还要熬夜写小说，实在是极其耗费体力，结果当然是

3 保罗·克洛岱尔（Paul Claudel，1868—1955 年）：法国诗人、剧作家，曾担任法国驻日本大使，著有诗集《五大颂歌》、戏剧《给玛丽报信》《少女维奥兰》《缎子鞋》等。

4 保罗·莫朗（Paul Morand，1888—1976 年）：法国外交官、诗人、小说家，法兰西学术院院士，著有诗集《弧光灯》《体温单》，短篇小说集《温柔的存储》，小说《赫卡忒和她的狗》《闭嘴》等，还有人物传记《香奈儿的态度》及若干随笔集。

5 让·季洛杜（Jean Giraudoux，1882—1944 年）：法国外交官、小说家、剧作家，著有小说集《外省的妇女》、戏剧《西格弗里德》等。

两方面都不尽如人意。

在日本特有的各种制约之下，假使仍立志要当一名作家，对这部分人我建议还是尽量沉入现实生活中去，努力使自己难以两全的生活接近两全，这样即使最后以失败告终，但作为一名作家所需的意志力却得到了锻炼，并且还能咀嚼到艺术与生活的种种艰辛，因而绝不会是徒劳的。

日本作家的生态，绝不像某些人所憧憬的那样美好，反而既不快活，也不优裕。小说家更是如同马拉松选手一样，体力被最大限度地耗磨掉，且得不到休息调养，沉下心来读书的时间也没有保障，想要享受一刻对于艺术家而言最为可贵的"什么事情也不做就想静静地发一发呆"的时光，则完全没有可能。犹如一个馋嘴的孩子趁母亲不在家时在橱柜里到处翻找糖果那样，小说家不得不从自己肚里掏出比汲取进去更多的东西，不停地创作数量繁多的小说。

作家每时每刻都在被迫耗磨自己，再加上日本独特的发表体制 6 带来的弊害，因而很难像外国作家那样，通过

---

6 指日本在新闻报道、图书出版、广播及影视制作等方面的审查体制。相关审查制度最早建立于明治初期，除针对思想意识方面的表达及一般社会公序良俗方面的表达会以"安宁秩序紊乱""风俗败坏"定罪外，还经常性地对相关机构和作者进行"窗口指导"，要求后者自肃。本文发表于昭和二十五年（1950 年）美军占领期间，当时仍基本延续了前述做法。

一部部的作品不断地自我打磨、自我成长。

在这样的环境下，想要创作出优秀的作品，似乎只能委之于偶然的运气了。日本之所以很难诞生出构筑在长时间的精心准备和绵密的调查之上、宛如宏大建筑般的巨著，也是这个缘故。立志当一名作家的人，必须做好突破这种种制约，并且时刻与之进行不屈的较量、闯出一条自己的文学之路的心理准备，这是条充满艰辛的路。想要搭流行作品的顺风车，或者模仿某位作家的风格，又或者为了获取丰厚的物质回报等等，出于这样的目的而闯入文学的人，一定会失望的。

作为小说家，有时候某个世俗的动机确实也可能催生出一部优秀的作品，但小说家本质的心性绝不能只在世俗上头。

巴尔扎克每天写作十八个小时。说真的，小说就应该是这样创作的，而不是像诗人那样静待那一刻的灵光闪现。能够像这样孜孜不懈地努力，是成为一名小说家的前提条件，就像任何一个艺术家、实业家或者政治家在努力这一点上是没什么两样的，懒惰者无论做什么事情都不可能成功。

曾听某位画家谈起在法国学绘画的时候学到哪些基本功，说最重要的是养成了一个习惯，即每天早晨必定认认真真地坐在画架前开始一天的工作。就凭这样一个习惯，其回国后在绘画方面取得了巨大的进步。将这事和日本人普遍的懒惰习性放在一起来看，我觉得是很有意思的。

壹

# 小说是什么

一

随着电视机的普及，收音机已经大大衰微。虽然有种说法，似乎收音机借助调频广播技术及车载收音机又可以起死回生了，但是同早上靠收音机获取每天第一手新闻的时代相比起来，其早已失去了至为重要的时效性这一点已是毫无疑问的了。还有，想想战前人们曾伴着击水声想象前畑[1]姑娘在奥运会上奋勇拼搏的英姿，显而易见，我们早已不再期待通过收音机来获得那种想象了。

除了一边开车一边收听交通路况、职业棒球的联赛

---

1 前畑秀子（1914—1995 年）：日本女子游泳运动员，旧姓兵藤，在 1936年的柏林奥运会上夺得女子 200 米蛙泳金牌，也是日本女运动员首次在奥运会上获得金牌。

直播等，整体来说，收音机能给予人的，与其说是激发情绪，不如说更多的是一种慰藉。收音机重视朗读性，尤其是音乐性，但不像电视机那样能够夺走人的视觉，因而它更适合营造一种氛围。今天的车载收音机某种程度上扮演了恋爱伴奏者的角色，就像十九世纪欧洲的餐馆里围着客人餐桌演奏的乐师一样，只是没有小费可取。

收音机或许具有比电视机更适合营造氛围这一长处，但是在内容传达方面却远远不及后者。因为凡是视觉性的内容，它都不得不借助受众的想象力，在一举手一投足之劳都倍加珍惜的现代社会，想象力的支出也是一种很不情愿的劳动支出呢。

在其动态效用越来越向静态效用也即慰藉功能转变的现代，收音机的最热心听众是哪些人呢？从各种角度来说，都有充分的理由认为汽车驾驶员们其实只是一群不用心、不忠实的听众。那么对于连续广播剧之类字正腔圆、感情饱满的播报，心平气和地用心倾耳细听的人又是谁呢？不同于以一种好奇心觑看他人不幸，从而彻底暴露了其卑俗心理的电视机观众，收音机听众则是以自己的一片真心，静静地倾听他人内心的声音，但这部分人究竟是谁呢？

老人吗？才不是呢。老人几乎成天守着电视机，从中获取最新信息和最新的时尚情报，他们似乎就是为否定收音机而存在的。

我想，可能是那些手头没有电视机，或者无法收看电视的人，比如长期患疾的病人。作为病人，他们有的是空闲时间，尽管情绪波动对身体不利，却无碍他们在某种程度上冷淡或热心地对他人表达关心，过度关注自身病情反而不利于康复，但确实拥有足够的精力去关注他人。这类人群热心地收听收音机，有时甚至还会思绪翻腾，忍不住给电台写信……

肯定有人会想，我这样拉拉杂杂的，怎么说的都是关于收音机的话题？

其实我要说的并非收音机，而是小说。眼下，小说看起来仍有庞大的出版印数，似乎还没有不景气到像收音机那样湮没于世的地步，但从本质上来说，它也背负着和收音机同样的命运。

对于精力旺盛的年轻人来说，小说是一种无需对手且轻松愉快的智力问答游戏，在这一点上当然要比电视机强上数倍。较之电视节目，小说不仅可以给予人们更为持久的兴致，拥有各种细节描述，还具有比电视节目更具抽象性（也因此更加猥琐）的涉及性的描写，但也只能仅仅以此来与电视对抗了。

然而，小说真正的享受者人数有限，这是由它自身的本质决定的，电视机只不过将之前从小说中追求娱乐代偿的那部分伪享受者争夺了过去而已。

　　说起来，小说的读者无非以下这几种人：缺乏人生经验，且对于人生抱有极大贪欲、谨小慎微、过于敏感、紧张过度的分裂型人格的青年；试图以理想主义来摒除性压抑的青年；作为现实主义者来说过于充满梦想，同时将梦想完全寄希望于他人的女性；歇斯底里型人格、生理性性厌恶但是性感受十分敏锐的女性；自我中心倾向严重，执拗地认为书中所写的事情都和自己有关的妄想型少女；写信时自己的事情可以写上两三页，久久无法进入正题的自大狂[2]少女；莫名其妙地面带笑靥，时刻都感觉性欲得不到满足的中年妇女；结核病患者；轻度疯子；以及人数夥繁的性变态……

　　我这么说，人们可能会以为，小说的读者俨然就是一些令人毛骨悚然的社会负能量的聚合体，实际上并非如此。

　　上述这些人可以说都是善良的市民，他们遵守法律、珍重习俗，这一点是毫无疑问的。他们不过是社会的一个

---

2　自大狂（egomania）：又译自尊癖、利己癖、病态自我中心主义，心理学上认为属于一种情感障碍型的精神症状，包括精神分裂、双向情感障碍及器质性精神障碍等。

缩影，所谓社会，原本就是这个模样。假使从上述"令人毛骨悚然"的人当中抽出数十名代表齐聚一堂的话，可以发现他们其实都是些客客气气、温和善良的人。

我想，他们一定会像电视辩论节目中的参与者那样，开朗中带着几分犹豫，嘟嘟哝哝地就小说展开热烈的讨论吧。从仪止上看，他们都很普通，是市街上随处可见的，不管是聪明机灵的青年也好，美少女也好，还是让人情不自禁抱有好感的主妇，应该都是勤勉的劳动者，但关于自己同小说紧密关联的内在阅读动机，他们是一个字也不会吐露的。

但他们却不知道，事实上偷偷将他们列入上面这个"黑名单"的元凶，不是别的，正是他们所喜爱的小说。小说发表面世，并成功钓到（多么粗鄙的形容）若干读者这件事，意味着要从难以计数的人群之中激发起像列入上面那份"黑名单"中的读者一样的兴致，而从读者的角度来说，则是自己内心极为私密的阅读动机获得了一个公开的代言人和安全的管理员。因为某一部小说的存在，不知让多少人得以免于告白。与此同时，由于小说的存在，人们被赶出自己内心那一小块反社会的领地，而一旦被赶出那里就不得不背负起一个义务，即接受分类列表——尽管是无记名的，并且必须同意隐秘地重建社会秩序。

这种同意原本是一个非常严谨的伦理决断，而小说读者却因为其同意而拥有了无须承担丝毫伦理责任的特权。在这一点上，戏剧观众也是一样，然而小说与戏剧的不同之处在于，假设我们承认享受是人生中的伦理空白点，那么小说因为只要它愿意尽可以敷陈为一部洋洋洒洒的长篇小说，因而小说较戏剧能更加长时间地支配读者的人生（在所有的时间艺术中，长篇小说是最能给予人一种与自己的人生经验极为近似的体验的艺术形式）。人们会越来越因为这种伦理空白而感到不安，于是便在自己与小说之间建立起一种伦理关系，就仿佛与自己的人生之间那样，这不是不可能的。换言之，读者将其得到的特权自动放弃了。

假如没有小说，人们对于人生的秘密或许毫无察觉就放过去了，但是由于小说的存在，人们对人生秘密睁开了探寻的眼睛，不仅被迫不容争辩地从自身去找寻这秘密之源，还被强迫着进行无言的告白……倘若仅仅如此倒也罢了，因为告白，自己不知什么时候还会被拉到世间以外的荒野上去，被排挤出自己忠实不二地遵守迄今的社会法则和道德习俗的范畴，不得不直视自己那副丑态，那将令人们深感极度的不安。付五百来日元买了一本书，结果却落得这样的结局，这说得过去吗？这也是那些素未谋面的读者给小说家写信，诘问一句"你毁了我的人生，究竟为什么？！"的重要原因。

我们再来把这个脉络整理一下。

第一，读者因为阅读小说而产生了不安。

第二，这样的结果则是，为了消除不安，读者在自己与小说之间用想象建立起一种伦理关系。

这两点，本是读者在阅读小说时所受到的最根本的影响。如果能实现这两点就不会有任何问题了，然而一多半的小说都做不到这两点，仅以"给人带来生理上的愉悦"便完事了，不能不说这样的行径如同娼妇一般。

第一个影响其结果是非常健康的，可以说，小说的艺术责任也在于此。为什么这样说？因为，在市场上人们是愿意花钱买"不安"的。

但是第二个影响却不容忽视。因为有时候，这种影响会培育出一批麻烦难缠的读者，同时，这也很容易导致一种不计后果的短期行为出现，使得市场上涌现出大量各色各样以笼络极易陷入此种倾向的读者而制造的、轻率的、似是而非的艺术作品，也就是所谓的"人生论小说""人生指南小说"。

那些热心而认真的读者热切希望将小说作品与道德伦理联结起来，这是很自然的。另一方面，小说若是能够做到让读者如此沉湎于其中，不能不说是杰作，不过这并不是小说的终极责任。小说作者往往会在作品的某个地方暗中埋下伏线提醒读者自己不负此责。如果将小说的伦理责任称作艺术的控制装置，或者用一个早已陈腐不新鲜的说法，就是艺术尺度，那么，缺少这个控制装置的作品，作者大多会将自己的艺术家的伦理责任巧妙地糊弄过去。假如这个控制装置能真正起到作用的话，被蒙在鼓里的读者似乎很让人同情，但作者却会因而有了一个说得过去的解释。

二

至此，关于读者已直言不讳地说了不少，现在必须将矛头指向小说作者了。

大凡做任何事情，都须拥有相应的才能才行，这应该是不言自明的道理。好歹能成为一名职业作家的人，自然也有着一名作家所需的各种才能。

那么，没有成为一名航空技师，没有成为一名股票经纪人，也没有成为一名作曲家，而是成为一名小说家，这其中究竟是什么样的特殊才能使然呢？人的一生当中，会受到很多偶然因素的左右，由于父母的强迫，虽拥有文学才华但最后仍成了航空工程方面的权威的人想必也是有的吧，不过这样的结果只能说明：假如其文学才华还不足以腾焰飞芒到突破所有束缚的话，他就命里注定不能如愿成为一名小说家。我这里无意中用了命里注定这个词，可才华这个概念本身就含蕴着宿命论的意味，因此，若一个人没能成为小说家，完全可以坦率地说，这只能说明他缺少小说家的才能。这也是造成小说家们难割难舍的天职意识和职业自负的原因。

至于小说家的才能，一旦将来全社会对小说的需求彻底消亡，再没有一个人阅读小说了，它是否仍然会驱动着小说家们勤勤恳恳地埋头创作小说？商品社会的供求原理还会不会继续发挥作用？说老实话，在各种艺术体裁中，小说的历史较短，形式完成度也不足，认为从一开始就有适任天职的人出现，顺心遂意地将其才华呈现出来并与读者的需求相适相合，这种想法本身就很奇怪、很不合理。就如同主张（我在此故意将技术和艺术混同起来说）十五世纪就已经涌现出了许多具备宇航员所需资质的人才。由这种想法就可以看出，职业小说家的天职意识是多么无根无据。

比较起来，下面这种想法更加合乎情理，也就是说，一个凡常的人，由于某种契机（先天或后天的原因就不得而知了），将他既有的人生轨道往某个方向拉偏了一点，而被拉过去的那个方向，在现代就恰好有小说这种艺术体裁，他的人生也从此彻底投入了这一艺术领域。对他来说，这既是自身的意识自觉，也是与自身的意识相背离的一个令人愉悦的陷阱。这个陷阱，正是现代被称为小说的艺术。

这个将其既有的人生轨道往旁边稍稍拉偏一点的偶然契机，是使得一个凡常的人成为小说家的决定性因素，是小说家将包括自身经验在内的人生经验提炼为小说素材的既危险又奇妙的作业起点。

我们不妨这样来想象一下，假设有个怪人试图采集人的标本，就像昆虫学家采集蝴蝶标本、捕猎者为马戏团网捕猛兽一样。身为人，却要采集人的标本，这当然是有违道德底线的犯罪行为，但实际上他并不是真的去采集，而是用语言这种捕网去偷偷淘索对方的人性。并且，他可不像宗教家那样带着责任感，而是出于自身难以令人理解的目的，以极不负责任的态度随心任意去做的。对于并没有任何权利这样做的人，社会居然能容忍，想想也是非常奇怪的。

既无地位，也无权利，却能够按照某种观点将人类社会等而分之，然后为其所用，明明是个软硬不吃又拿他彻底没辙的废物，却表现得仿佛自己就是人类公正的代言人似的——这就是小说家。若问这样的人是如何产生的，大概是某个时候忽然心血来潮，躲进哪间没人看见的肮脏不堪的小屋子里，将纸上的字试着组合起来玩的那一刻开始的吧。而这样的事情，在现今的都市中，且就在此时此刻，那些好吃懒做的学生呀、失业者呀，以及明知自己毫无魅力却莫名其妙地陷入自大自恋中并为此烦恼不堪，又极易受到伤害，自尊到连一点点伤害都无法忍受的神经质的青年呀，正坐在劣质的桌子前（几万日元的桌子！）做着。极易受到伤害的人，躲入藏在"客观性"后面以逃避受伤害的艺术领域，还有比这种现象更合理的吗？假如他拥有一副令他自信的躯体，而又害怕受到伤害的话，那么还有一个职业颇为适合，就是可以将自身委寄于他人"客观性"之中的演员。

自我告白和自我保护总是微妙地相互纠合在一起，因此，我们切不可以将告白型的小说家误认为是不易受伤害的人。他或许会像印度的修行者那样，用针扎刺自己的口唇或脸颊给人看，但是他知道假如让旁人在他脸上这样做的话就会造成致命的伤害，所以自己抢先这样做从而巧妙地避开了旁人的加害。换句话说，这样做正是为了自身的安全！

立志成为一名小说家的人，又或者已经成为小说家的人，对于人生拥有一种优先解释的特权，与此同时，这似乎也暗示着，这种特权于其人生而言是不可或缺的。也就是说，小说家从一开始就很清楚地知道，如果没有"客观性"这一武装，自己将很难顺利度过一生。

客观性通过什么来确保呢？就是语言。而且，既不是什么特别的术语、尊贵的用语、充斥着主观情绪的呼叫呐喊，也不是富含象征意味的诗性语言，而是通俗得不能再通俗、普罗大众容易理解和接受的普通语言，就像据称中世纪时诞生了小说的罗曼语族那样，语言尽量接近多数性从而确保其客观性……总之，小说必须要让人接受并阅读。小说的语言还具有双重安全性，因为不管它多么亲切、易懂，也只不过是激发读者想象力的一个抽象媒介而已。

小说必须要让人接受并阅读，这可以说是小说的首要条件。从作者这方面来说，如果作品不被人接受和阅读，作者自身的安全就很难保证。因为只有当作者通过语言这一抽象媒介，激发起读者的想象，小说中那种云迷雾罩、若有似无的虚无世界才得以展现出来，小说家也才能从现实生活中抽离而去，他所追求的"客观性"方才具备了存在条件，他的安全才能得到保障。假如作品不被人阅读，小说家即使每天书写十小时，也还是无法从现实生活中遁身而去。

然而，世间一般总认为小说家是与现实生活密不可分地交袢在一起的，这种迷信流布甚广。事实上，小说家正是因为害怕与现实生活密切接触才去当小说家的！我一直觉得很不可思议的是，小说家常常以一副得意扬扬的姿态，受邀出现在报纸杂志的人生答疑解惑专栏，这就如同一个人只喝过橙汁，却大言不惭地在解答有关橙树栽培的疑难问题。

基于我们的人生经验，可以这样说，当一个人全心专注于人生的时候，是很少会对人生产生好奇心和关注的。这一事实也暗示了主体与自己的人生之间的"关系"，同时，也意味着主体对于这种"关系"的忌避。小说家对于同自身内部的关系和同外部的关系是一视同仁的，绝对不会对其中任何一方面等闲视之，因此，他们不会与现实生活密不可分地交袢在一起。关注人生的人，不管哪一方面，必定会对其中之一睁大眼睛，并持续保持关注。

至此，可以清楚地知道，小说家与前面列举的荒唐可笑的读者群体并没有多大分别。他们和常人一样有名利心，也有野心，而且为了"自己的作品必须让读者阅读"这个最基本的欲念，他们会动足脑筋、费尽心思，卑微地使出一切手段，将自尊心嵌入每一字每一句的细枝末节之中，在自我满足与不安之间来回往复。他们怀着强烈的嫉妒心，在享受人生之前先进行一番自我检视，带着适度的神经错乱，但另一方面又显现得像个大大的老好人似的，将苦涩的哲学同甘美的人生观混淆在一起，非常容易让人受到蒙骗……总之，小说家就是散发着一种独特的臭气，很难同世人同社会沟通的这样一群人。小说家同小说家相遇的时候，凭借着敏锐的观察能力，他们相互都能看破对方竭力想掩藏起来的东西，因此他们之间是不会有什么绅士般的对话的。

小说家经常会被人问到为什么而写作。向一只鸟儿询问它为什么要吟唱，向一朵鲜花询问它为什么绽放，这都是愚蠢的做派，但是对小说家，却还是端出这样老套的问题。之所以会这样，也说明了，小说并不像鸟儿的吟唱那样清澈婉转，也不像鲜花那样美丽动人，因而总让人怀疑其中隐含着什么阴暗的"目的"。

三

对作者及读者的这种带有厌世性质的观察，关于小说"客观性"满腹的疑问，也就是关于小说本质的疑问，真要写起来可就没完没了了。在此，权且从我最近阅读的小说当中，拣选出两篇我认为不容置疑的杰作，稍稍做一番详细的叙述。

其中一篇是稻垣足穗先生的最新作品《山本五郎左卫门开溜了》（刊于《南北》杂志 1968 年 8 月号），另一篇是自昭和元年以来时隔四十三年重新复刻刊行的已故国枝史郎先生的《神州绞缬[3]城》（桃源社出版）。

稻垣先生的作品迄今只有少数爱好者依据发行数量极少、难得一见的珍本加以品评论说，不过近来对其进行再评价的氛围似乎已经成熟，不仅涌现出了数量众多的研究文章，其代表作《弥勒》也得以再版刊行，实在是令人欣喜的事情。

作品题为"山本五郎左卫门开溜了"，但是又加上了一个似可不加的副题"我的怪异电影"，是稻垣先生出于对他少年时代接触的小型放映机[4]的一种怀旧，而故意打上的一个电影故事的标记。这篇作品，正是现在极为欠缺的纯粹的文学作品，这一事实可谓对这个时代莫大的讽刺。

故事讲述了少年平太郎无意中接触到鬼魂作祟的古

---

3 绞缬：绞染，丝织品的一种染色方法，先在织品上描出花纹，然后用缝、扎等方法加以绞结，印染后再解去缝线，即可出现各种花纹。中国在东晋时已开始采用，至唐代最为盛行。

4 小型放映机：原文为 Pathé-film，指法国百代兄弟电影公司于 1922 年推出的一种使用 9.5 毫米胶片、面向家庭的小型摄像及放映设备（法国称 Pathé-Baby），在 8 毫米胶片出现之前为当时小型电影的主流。

坟，从此每日每夜受到鬼怪骚扰，但平太郎面对变化万端的鬼怪的种种威吓却毫不畏缩，竟足足坚持了一个月之久。见平太郎如此勇敢无畏，黔驴技穷的鬼怪头目山本五郎左卫门终于现身，丢下一把榔头后，灰溜溜地离去。作者以日记的形式娓娓描述了这一个月里鬼怪的百般模样，形象之丰富，含蕴着一种淡淡的幽默的多层次描写之巧妙，让人忍俊不禁，而最令我感佩的则是，一众魑魅魍魉纷纷登场之余，最后一晚，随着一声"你等着吧！我是不会离去的！"故事的高潮部分却是那个寻常的上下一身武士礼服、身长比门楣还要高出一尺、难辨真面目的叫作"山本"的怪物的现身，以及它的逃遁。

它既不是狐狸，也不是天狗，当然更不是人类。谁也不知道它究竟是什么。源平之战[5]的时代它就来到了日本，它还会很有礼貌地解释道："除了那个叫神野恶五郎的，我在日本没有同类。'神野'的发音是'shinno'。"

但仅仅这样的解释，还是无法知道它究竟是什么物种。它离去的那个场面只能用神韵缥缈来形容，一群异形的喽

---

5 源平之战：指日本平安末期治承四年（1180 年）至元历二年（1185 年）间以平清盛、平宗盛等为中心的平氏一门同以源赖朝、源义经、源义仲等为中心的源氏一门两大势力之间的对立与征伐，征战的结果是平家政权被终结，赖朝政权（镰仓幕府）建立。日本史学界称之为"治承·寿永之乱"。

啰紧随其后，朝着星空升腾而去，将一口气读下来的读者的灵魂也一同拽向天外。我们不妨来读一读下面这段绝妙的文字：

コノ駕ニアノ大男ガ乗レルカト思ツテイタガ、山ン本氏ハ片足ヲ駕ニ掛ケタト思ウト、畳ミ込ム様ニ何ノ苦モナク内部ヘハイツテシマツタ。サテ先供ソノ他行列ハ行進ヲ開始シタガ、彼ラノ足ハ庭ニアリ乍ラ、右足ハ練塀上ニ懸ツテイル。宛ラ鳥羽絵ノ様ニ、細長クナルノモアリ、又、片身下シノ様ニ半分ニナツテ行クノモアツテ、色々サマザマ廻リ灯籠ノ

心想那个巨汉如何乘坐得进这轿子呢，却只见山本先生一只脚跨上轿子，随后折起身子，毫不费劲地坐了进去。喽啰们也开始列队前行，只见它们的一只脚分明还踏在院子里，可是右脚却已搭在泥瓦墙上，有的像鸟羽绘[6]中画的那样身体拉得细长，有的则仿佛将身体压缩成了薄薄的纸片，像走马灯中的剪影一

6 鸟羽绘：日本江户时代一种轻松滑稽的墨笔画，因平安后期的僧人鸟羽僧正擅长此类画得名。

影法師ノ様ニナツテ空ニ上リ、星影ノ中ニ暫クハ黒々見エテイタガ、雲ニ入ツタト見エタノガ风ノ吹ク様ナ音ト共ニ消エ失セテシマツタ。

样，形状各异，一个个腾空而去，在星光闪动的半空中变成黑黝黝的影子，随后升入云层，最后随着一阵风啸似的声音，黑影便一齐消失了。

神野恶五郎的身影在作品中终究没有出现，但读到这里，我们知道，世间还有与这个山本同样的怪物存在这一可怕的事实，而这样的怪物世界上找不出第三个，不由得令人产生一种难以形容的恐惧。

这种恐惧感是怎样产生的呢？我以为，首先，在于它的"真相不明"，然后还是个"很讲礼貌"的怪物。因为在这之前出现的众多妖怪都是不明事理、不足挂齿的小角色。再者，"山本"也好"神野"也罢，尽管出现在日本的时候叫着日本名字，但却是腾云驾雾、来去自由的跨国界的怪物，在魔界拥有极高的地位，同时拥有莫大的权力，绝非普通的怪物。对我来说，形色不露的神野尤其让人有种说不出道不明的恐惧感。

在这篇作品中，恐怖随处可见，充斥于日常生活，因而很快就会令读者麻痹，但故事最后却转为滑稽可笑，在读者终于安下心来、以为一切太平了的时候，山本登场了，以一副严肃而认真、举止礼貌、怪异荒诞的模样，揭示出真正恐怖和神秘的根源。

而它最后令人拍手称快的落荒而逃，让人联想到现实世界中妖力魔力一去不复返的狼狈相，竟让人不由生出一种无以名状的依依不舍之感。

"先前那份恐惧，如今变成了无边的悲戚。是秋天的缘故吧？山本先生，高兴的话再来吧！"平太郎是这样说的。

阅读至此，读者都为作品主题出人意料的转换而惊讶。对平太郎来说，与妖魔鬼怪共舞的日常以及山本的来访，实际上应该是象征着他一去不复返的少年时代吧。在这短暂的时间内，魔怪与人之间完成了简单而纯洁的接触，平太郎透过社会生活中的凡常景象也应该更加彻底地领略了人世间的虚伪。这不禁让人想到，稻垣先生只是以妖怪小说的形式，试图从反面去发现成长小说[7]的诗与可能性吧。若真是这样，那么众多妖魔的跳梁，不是试炼，而是一种教育，不是惩戒，而是一种爱。在这篇小说的尾注中，稻垣先生以极富其个性特征的抒情文字出人意料地追补道：

---

7  成长小说：日本称作教养小说，多以传记的形式描写主人公的成长经历，肯定人的价值。歌德的《威廉·迈斯特的学习时代》、戈特弗里德·凯勒的《绿衣亨利》、罗曼·罗兰的《约翰·克利斯朵夫》等是其中的代表。

"大抵而言，爱的体验，总让人有一种缺憾，即过后会感觉没有了它就没法承受。"

一方面看似漫不经心，一方面却又不失温文尔雅，稻垣先生正是通过这样的文体[8]，让我们得以抵达小说主人公少年平太郎勇敢刚毅的灵魂内核。这种抵达极其巧妙、极具现实性，以至于令我在阅读过程中，情不自已地怀疑起来——我就是那个山本吧？因为，最终打开少年封闭的精神世界的，只能是身为读者的自己。

我原本只是就一般的小说创作而谈论，当然不应局限于某一篇小说的介绍和解说，不过，敏锐的人或许已经注意到了，我所谈论的正是关于小说的本质问题。

稻垣先生在这个荒诞无稽的故事中，不只赋予了作品充足的现实性，也完成了自我宣示，同时更将读者的情感移植到作品人物身上，敦促读者意识觉醒，并且让读者自觉地化身为山本这样一个既是"故事的完成者又是故事的终结者"的神秘不可知的存在，从而成功地将读者的灵魂拽向天外。

这不正是小说的功能吗？并且稻垣先生没有运用概念性的或是诗性的文体，而是不附加任何解说，没有任何观

---

8　本书中"文体"皆指作者特有的文章风格、结构。——编者注

念说教，一见平淡无奇，却在冷静的叙述中让人情不自禁去观察少年的勇敢和刚毅，整体洋溢着一种西洋风的时髦而高雅的气息，自始至终以悠徐的笔触编织出一个让人目不暇给的故事。

可悲的是，这种朦胧隐晦的文学效果，在现代却是最难以被人理解的主张之一。作者往往倾向于围绕着主题的现实性、时代的迫切要求，现代社会中人的不安、人的异化、家庭解体、性的无力感等等（哦哦，简直叫人耳朵都听得生茧子了），穷尽各种文学技巧，或巧妙、或故意稚拙地大书特书，而读者还认为小说就应该是这个样子。如果不能很快地从小说中找到自己的面孔（事实上只不过自以为自己就是那样一张面孔），读者和作者都会深感不安，这岂不是天大的滑稽吗？《山本五郎左卫门开溜了》绝不是童话，平太郎仅仅是平太郎，妖魔也仅仅只是妖魔，同什么深奥的挖苦或者高级的政治讽喻毫无关系，人们尽可以按照作者所描写的去认知作品中的人物，也可以不借助幻想而相信小说中的物象。事实上，这才是语言艺术较之其他艺术形式更卓越的一大特征，但如今小说的不幸却在于，它似乎倾向于忘掉自己的这一特征了。

只有在语言艺术中，我们才能正视经由语言而达成的梦与现实、幻想与事实的完全等质性。历史小说和幻想小说，分别将这一特征朝不同方向做了扩张，然而贴上"历史小说"或"幻想小说"的标签，事先给予读者提示，却不是明智的做法。音乐和美术，由于其所运用的音声和色彩已经用不同于我们日常所使用的音声和色彩法则进行过整理了，因此其梦想和现实不再具有等质性，而代之以纯化了的独立性、自律性和象征性作为其特有的艺术功能。

于是，《山本五郎左卫门开溜了》中登场的妖魔，同无数现代小说中出现的汽车、飞机、花言巧语玩弄女性的文痞、无聊的中年大叔以及狂傲无礼的十来岁少女等一样成为完全等质的同次元的存在，而之所以妖魔看起来更加具有真实性，是因为稻垣先生更加相信语言的力量。倘若这是一则寓言作品，那么读者就不会相信他们看到的是妖魔，小说也就丧失了语言艺术最根本的可信性，最后只剩下物象、人物与抽象观念之间的二次曝光，且随时随地会跑出来干扰阅读。

在此，我想将《山本五郎左卫门开溜了》的原典《稻亭物怪录》同稻垣先生现代化的作品对照着来进行谈论。

四

前面引用的《山本五郎左卫门开溜了》中部分文字，

原著中是这样的：

思やるに中々常躰の
かごに彼大男乗事はなる
まじと見るうち、彼男片足
よりかごに乗るに、其身た
たみ込むやうにて何の苦
もなく乗ければ、先供其
外行列を立て、左の足は
庭に有ながら、右の足は
大手の上にありて、さな
がら鳥羽絵の如く細長くな
るもあり、又はかたみおろ
しのやうになりて行もあり、
色々さまざまに見へ廻り、
燈籠の影などの如くにし
て、皆々空に上り雲に入
るよと見へて、星影ながら
しばしはくろぐろと見へけ
るが、風の吹くやうの音し
て消失せぬ。

心想那巨汉如何乘
坐得进轿子，却见山本
先生单足跨上轿子，折
起身子，毫不费劲乘坐
进去。众喽啰开始列队
前行，它们的一只脚分
明踏在院子里，右脚却
搭在泥瓦墙上，或宛似
鸟羽绘似的拉长了身
体，或仿佛将身子压缩
成了纸片，形状各异，
像走马灯中的剪影一
样，纷纷腾空而去，在
星光临照的半空变成黑
黝黝的影子，随后升入
云层，随着风啸般的声
音黑影一齐消失。

毫无疑问，稻垣先生出色的文字仅仅只是将其翻译成了现代文而已，并且，很可能有人甚至会认为原文更加出色。

然而，想要领略稻垣先生对于文字的夺胎换骨的本领，就不能如此急急地下结论。为了最大限度地发挥这一神韵缥缈的小说高潮的效用，同时使其具有西欧传奇文学的浪漫气息，稻垣先生做了充分的筹划，埋下伏笔，运用他那独特的突降法[9]，将朴素的怪异谭变为一个具有哲学意味的关于爱的故事，成功地将既有材料顺适地变为自己的囊中物。

其中的伏笔，例如原文中写到山本出现时，面对平太郎的问询山本当即作答："我与尔自然不同，我乃魔王也。"一下子便表明了自己的身份。而稻垣先生却故意将其改动为："我非你一类的人，不过也不是天狗，至于究竟是什么，随你去猜吧。"从而增加了一种神秘感，激发读者的想象。又如写到故事的高潮部分即山本升天时的喽啰们，原文是"轿子一如普通的轿子，众喽啰也一如普通的人形"，稻垣先生改成了"轿子一如普通的轿子，喽啰们却个个形

9　突降法（anti-climax）：一种文章修辞方法，指文章内容急转直下，由高大庄重突然转为琐碎平庸，语气从严肃端雅转为滑稽可笑，从而产生一种嘲讽或幽默的表达效果的写作技巧。

容异常"。

当然，或许有人会说，这只不过是雕虫小技。但对于稻垣先生来说，关键在于怎么样做到既尽量忠实于原文，又要将一则古早得已经被人遗忘的怪异谭改编成一个他所想要的故事。而一旦这个故事的根本寓意被改变，则故事的无论哪个细节，越是忠实于原文，其立意和其艺术效果就越是大有改易。


接下来，我得谈谈国枝史郎先生（昭和十八年［1943年］殁）的《神州绞缬城》。

写于大正十四年（1925 年）、最近以复刻形式重新刊印的这篇小说，如同许多德国传奇小说一样，作者生前并未完成，成为一篇遗作。说起来，这类作品构想奔放，加之作者的感性过剩，已然蕴含了其未完成的宿命。

这篇当时被视为大众小说的变种、没有人愿意正儿八经对其加以评论的作品，一读之下，我却为它的文笔之华丽，尽管只是局部的、片断的，但幻想之奇美，作品的完成度之高，以及现今读来依旧不显得陈旧过时的现代性而深感震撼。从艺术的角度来说，它甚至可以凌驾于谷崎润一郎先生中期的传奇小说和怪奇小说之上，较之许多创作于当下的小说，其格调之高雅也绝对超过了它们。仅就文学性而言，我们现在所处的时代，远比1925年更加低俗，难道不是吗？

富士山本栖湖中央，耸立着一座水城，时常被笼罩于烟雾之中。这座水城的秘密在于，在它地下的工厂里，生产的是浸染着人血的绞染织物，且其城主是一个重度的奔马性麻风病[10]患者，皮肤被严重损害的他全身裹着白布。因乡思牵动，城主不顾一切地冲出城外，一路狂奔至甲府城下，所经途中，被他手指碰触过的所有人都感染上了这种麻风病，照护过患者的人也无一幸免。

这篇小说充溢着阴郁、怪异、神秘的色彩。作者清楚地知道，小说首先就必须煽动起读者对于未知秘密的好奇心。

我想知道。什么也不知道，便无论如何就是想知道……如果说，激发起读者的这种情绪是小说应该具备的基本功能，那么《神州绞缬城》在这一点上，堪称小说的典范。

如果说解开谜团是一篇小说的魅力所在，则可以说，没有什么能比得上现今流行的推理小说了。可是，作者精心编织的谜团一旦被解开，读者也就失去再去回味的兴趣了。因为阅读推理小说的整个过程，无非是解开谜团的手

---

10 奔马性麻风病：这是《神州绞缬城》作者虚构的一种病。

段，再去回味的话，其功能性直白显露，就未免煞风景了。

因此，为了表明小说乃是文学，尽管次要，但作者仍应当不让这个过程仅仅成为一种手段，而须将作品的各个细节按照自己的设想丰满起来，让细节成为整体的有机组成部分，即使再读一遍，这一过程也不会沦为仅是解谜的手段，而是发挥出作为整个作品的一部分的功能。确保达成这一目的的，则是文体。然而，当作者的艺术审美格调达到高度洗练之后，往往很容易轻视这一目的，以居高临下的姿态对读者的好奇心和期望得到什么样的阅读享受不屑一顾，结果导致作者的目的异化成了尽可能同读者的阅读目的（想知道，想解开谜团）拉开距离，将理应只是手段的细节描写作为写作目的，而将小说原本的目的从作品中摒弃掉了。

于是，小说的情节被轻视了。小说情节就是整篇小说的必然性。在戏剧中，整部剧的必然性是至高无上的，然而到了小说这里，必然性却越来越不被重视。顺带说一句，关于小说的故事与情节的区别，E. M. 福斯特[11]给出过一个非常简洁的定义。按照福斯特的定义，故事就是事实的罗列，例如"国王去世，之后王妃也去世了"；情节则是"国

11 E. M. 福斯特（Edward Morgan Forster，1879—1970 年）：英国作家、评论家，著有《看得见风景的房间》《霍华德庄园》等。

王去世，王妃因悲伤过度不久也去世了"，即复数的事实之间必然的连缀。

这一点姑且不引申开去了。读者这种"想知道"的欲望，即成为期望作者通过一系列情节编织成故事所内含的必然性。读者究竟想知道的是什么，自己是并不清楚的，因此读者只能寄望于小说织就的故事来告诉自己。

传奇小说的优势在于，谜底被解开之后，谜依然不失其神秘性。在读国枝史郎先生的这类小说时，读者想要知道的欲望，同作者想让读者知道的目的，事实上在某些地方是有龃龉的，这不由让人生出猜想，似乎作者自身也如同读者那样，被某种不可知的东西所诱惑。而这种颇富妙趣、让人心情扑通扑通充满期待的不信任感，更由于作品的未完成而倍增。

读者在阅读一篇作品之前，仿佛狗一样会先一嗅其味。这种嗅觉之敏锐让人叹服。不仅仅是小说，电影上映首日的上座情况也同样充满了神秘感。即使上映前的宣传并不彻底，入场券的预售也不理想，影片的故事内容也尚不知晓，首轮上映的第一天一大早便在影院窗口排队的观众，就是凭借着某种神奇的嗅觉预先判断出其观影价值的。另一方面，无论预先怎样密集地做宣传，不受欢迎的影片在第一天便可见分晓，因为没有多少观众走进影院。

在《神州绞缬城》中，某种不祥的物事隐伏在彼处，并且还缠络着一种为道德所不容的美，小说中的人物个个被其吸引，围绕其活动——对其故事构成，读者在阅读之前便已然形成了这样的预感。期待品味一下恐惧、战栗和神秘的滋味，这种欲望可以说其实是这世上最无益的欲望，一如我们在众多神话故事中看到的那样，很多人都是因为对一扇紧闭不开的门后面抱有好奇心，结果断送掉了性命。对于人类来说，有时候，较之这种"拼上性命也想弄清楚"并由此而打开真理之门的探究心理，"即便死，也要死于探究真相"的自毁精神难道不更加重要、更加令人崇敬吗？如果说国枝先生的《神州绞缬城》是一篇出色的颓废主义作品，那它一定会成全读者的这种自毁欲望。

于是，结论也就不言自明了，即小说的目的不再是为了解开谜团，而是将恐惧感本身变成一种美和魅惑力，加上坚信幻想的作者运用他那恣意奔放的想象，以及一种堪称神秘之精华的语言美，终于构筑起一个极具魅力的故事世界。

《神州绞缬城》中最令人难忘的场景之一，年轻的武士庄三郎遭受富士教团的私刑拷打，被丢在小船上顺着富士山体内的暗河浮沉而去的一幕，几可与爱伦·坡的《阿恩海姆乐园》[12] 以及《兰多的小屋》[13] 相媲美；被富士人藏于山洞里的能面师[14] 月子月下沐浴的场面，则较泉镜花《高野圣》中的裸妇描写更加具有一种刺激感官之美：

> 她一丝不挂的裸体，就像白天鹅一样洁白。灯光映出她的影子，是带着紫色的阴影。她始终是同一个姿势，弯着一条腿，身子俯曲向下，一只胳膊杵在半蹲的膝头，以掌托腮。灯光从正面照着她，胳膊外侧隐隐地泛出白光，那是淡淡的玛瑙般的光亮，从弯曲的膝头至小腿，一直到脚趾，也都隐隐泛着亮光……

## 五

就具体的作品实例，前面谈论了不少，我们还是回到文学原理上来吧。

无论小说还是戏剧，都不改其属于文学作品的本质。这两者的一大区别在于，小说在它写成的那一刻起就已经

---

12 原题为 The Domain of Arnheim，写于 1846 年。
13 原题为 Landor's Cottage，写于 1849 年。
14 能面师：制作日本传统曲艺能乐和神乐所使用的能面（面具）的匠人。

完成了创作，而戏剧则必须经过上演这一过程，借助观众以及照明、舞台置景等各种外在之力才得以最终完成。戏剧同乐谱进行比较似乎更为适宜。作曲家构思创作的乐谱，预先考虑到了管弦乐队和指挥的演绎，剧作构思创作的戏剧台本，可以说也要预先考虑到演员和导演在舞台上的再次创作。但尽管如此，莫扎特也好易卜生也好，无一不是艺术完成品的创作者，而绝非艺术零部件的生产者，他们以其作品自身构筑起了一个完美的世界。

　　小说又怎么样呢？小说仅仅依靠作者一人之手从头至尾构建完成，然后直接交到受众手上供其消费。从这个意义上讲，小说更适合同绘画及其他造型艺术[15] 进行比较。如果用舞台艺术来形容的话，小说就是从舞台上的演出、演员的演技、舞台照明、音响效果、服装、鞋子、舞台置景、道具，一直到演出导演、道具员等等，全都由作者一手操办，所有责任由他一肩担起，向受众提供的作品。但小说的特征在于，对生活、自然、人（有时是动物）的所有描写统统通过语言来表现，并且以语言的形式最终完结。这一点，随笔等非虚构作品完全是这样，而虚构作品的场合，除形式上通过语言来完成之外，内容则大多借由语言

15 造型艺术：利用物质材料，主要以视觉为传递媒介，展现空间形象的艺术
　　形式，一般指绘画、雕塑、建筑、工艺等。

以外的事件来完成。在"借由语言以外的事件来完成"这一点上，历史小说实际上是处于上不着天、下不着地的尴尬境地。这个矛盾的特例暂且不展开谈论，我们对虚构小说大概可以做出如下定义：

一、通过语言表达完成最终作品；

二、作品中的所有事象无论看上去多么酷似真实，都仍然不同于真正的事实，属于完全不同质的另一个东西。

可如此一来，又生出原型小说[16]、私小说[17]等诸多复杂门类，尤其令人沮丧的是，在这些复杂的门类中，越是艺术性低下的作品，在引领读者进入不同于真正事实的另一个维度方面，就越是怠于努力。我这里所说的"引领读者进入不同于真正事实的另一个维度的努力"，不外乎指能满足却不能很好地满足第一个条件的话，自然也不能很好地满足第二个条件。换句话说，语言表达的严密性、自律性缠夹含混的话，上面第二条就会显得怪异可笑。因此，好的小说，必须同时满足上面两个条件，并且互起作用，

16 原型小说：日本文学中指以现实中真实存在的人物和事件为原型，通过艺术加工而故事化的小说作品，追求文学意义和文学效果是这类小说的主要特征。

17 私小说：日本文学中指以作者自身为主人公，将身边的实际生活、真实经历和心境等坦诚地和盘托出的小说作品，这类小说多希冀从自我审视中寻求某种人生教训。

相辅相成。

"通过语言表达完成最终作品"，可以说是小说作为艺术的一个最根本的要素。然而，由于小说是极度自由和任性的产物，很多作品事实上是忽视掉了这一点而写就的。随着古来的日语教养日趋崩坏，这种意识在小说家中也越来越衰微了。

让我们举例来说明。事物都有名称，名称中实际上包含了传统、生活及文化。试举一例：日本有种传统拉窗叫"舞良户"[18]，是一种横向有着许多细棂条的木窗。这种拉窗如今只能在老旧的宅邸以及寺院中才得一见，近代的日本建筑中已经很少能看到，更不用说新式的楼房或者单元式公寓了，后者的生活中是完全看不到这种房屋构件的。然而小说并没有规定只能描写公寓生活，当小说家心底唤起自身的既往经历时，任何小小的事物都会成为重要的心象，因此即使是现代小说，也不可避免会出现舞良户这种古老的东西。这时候，如果小说家笃信语言表达的最终完成度，他就必须知晓这一构件的名称，只有名称指代正确无误，小说家才算尽了其责，才能确保语言表达的最终完结性。

或许有的小说家偏偏要自找麻烦，出于对读者的过度

18 舞良户：一种带窗棂的拉窗，窗框中间镶嵌有窄棉板，板上装有格子窗棂。

亲切，连描述带注释地写成"带有很多横向棂条的'舞良户'木拉窗"。然而这种亲切心有时候会使小说变得冗长拉杂而牺牲了表达的简洁性。更重要的是，像这样的亲切究竟应当发挥至何种程度，恐怕小说家自己也不清楚。写"楼房"，读者立即就会明白，一个人所共有的形象就会在脑海中浮现出来，而写到"舞良户"，可能大家不知道到底是在讲什么，于是出于这样的考虑便一一添上注释（已故的宇野浩二先生则是一位将这种被害妄想症般的注释癖化为一种颇具幽默感艺术的作家）。任何事情都是相对的，现代口语中的"帅"一类词语大家都知道，可十年之后或许变得所有人都不明其义了，就如同歌舞伎看家戏目之"助六"[19]的诙谐，到如今已经不能博得观众一粲一样。对于那些基于传统而在一定时期内得以存续且没有其他名称可以取代它的事物，小说家只要明示其名称就能满足读者的探求欲望，即足以令其成为语言表达的最终完结形式，作者应当拥有这份确信。说得极端些，如果对日本历史缺乏信心，是不可能使用好日语来写作的。就我而言，舞良户只要写成"舞良户"，我就十分满足了。同时我还相信，

19 助六：日本歌舞伎戏目《助六所缘江户樱》的通称，最早上演于天保十年（1839年），以第七代市川团十郎演绎的最为出色，成为江户古典歌舞伎的代表戏目，也是歌舞伎宗家市川团十郎家最擅场的戏目。

我有权利对读者提出这样的要求："如果我只写'舞良户'三个字，读者立即就能理解写的是什么东西，脑海中能够浮现出这个构件的样子，这样的读者才真正是'我的读者'。他的直觉让他懂得我在这里仅仅用一件古旧的舞良户，便展现出了某种艺术效果，并且这里非'舞良户'不可，换成'玻璃窗'就完全没有了那种艺术必然性，因而他是幸福的读者。但无法把握'舞良户'究竟是何种物件的读者，应当毫不踌躇地翻开词典，查找和了解它到底是样什么东西，并使之成为自己知识的一部分，这也是对我写的小说的一种反馈。倘若不这样的话，那这样的读者对于我的小说世界来说，仅仅只是拿到了一张临时入场券，我是不可能给你换取一张正式入场券的。"

然而我却经常看到，近来的新人小说家，不，不只是新人小说家，甚至有些中坚作家也是，假设在作品中出现"舞良户"的话，大抵会采用以下几种表达形式：

一、"有许多横棂条的木拉窗，旧时住宅中常采用这样的窗户"；

二、"横栅条窗"；

三、"一种有着许多横向栅条的窗子，似乎应该称作'舞良户'"。

假若我是个检察官的话，一定会对其中的第三种表达科以最重的刑罚。再进一步略作说明，采用第一种表达形式的小说家，能够正确地认知物品，且具有唤起既往记忆的能力，但也因为这样，从作家的基本素质来考量的话，应该是个懒惰的人，对于语言表达的最终完结形式也即小说的本质的认识显得大大咧咧、漫不经心，他一定是将查阅词典这一行为错当成了卖弄学识。

采用第二种表达的小说家则满不在乎地自创新词。"横栅条窗"这类三明治式的词语，日语中是没有的。这类小说家要么是对语言的传统性缺乏应有的敬虔，要么是由于工作太忙，以至于忘记了应当时刻小心语言的严密性。窥一斑而见全豹，这类小说家一定不善使用独特的表达，在别的章节中说不定还能读到"她露出美得让人绝望的微笑"等等，这些陈旧、屡见不鲜的表达他用起来同样毫不在乎。只能说他太忙了。至于采用第三种表达形式的小说家简直就是岂有此理了。为什么这样说？因为采用这种表达，从心理学角度来讲大致有这样几种可能性：一种是他脑海中虽然浮现出"舞良户"这个名称，但是省掉了翻查词典的麻烦，明明偷了懒，却还要将其偷懒的心理过程当作卖点，同时以"似乎应该称作'舞良户'"这样的句式将责任转嫁给他人；另一种可能是他实际上知道"舞良户"这个名称，但作者这样做大概是为了表现小说中出场人物慢条斯理的性格，觉得加入"似乎应该……"这个句式可以使语气显得更加婉转和亲切；还有一种可能则是完全缘于无意识，语言表达的浓缩简洁以及准确性完全没有被置于作者的考量之内，作者只是将其心理模糊状态向外投射出来，使得读者脑子里也被填入了"似乎应该……"这样暧昧模糊的表达，而这一切完全是在他无意识之中做出的。

在各种表达中，我以为第三种表达的第一种情况性质最为恶劣。第一种情况，是将一种文人习性当作卖点，这自然很不可取；第二种情况显得做作，很不自然，作者用愚蠢的装模作样来表现人物慢条斯理的性格，这种矫揉造作的居心不可取；第三种情况则表明作者对于语言表达的自律性毫无自省，作为一名小说家而言，犯了一个最基本的错误。

对于上述这种种现象，我会就小说家缺乏在"语言表达的最终完结形式"这一点上的自觉性，统统以"毫无责任心"这一罪名提出弹劾。

也许有人觉得，何必纠结于这些鸡毛蒜皮的细节呢？但是我们可以从另一个方面来想一想，如果剧作家在台本中标明了"舞台左侧置一舞良户"，道具员就必须立即按照要求制作出这样的木拉窗，这看似简单的技术要求，却决定了能否在舞台上呈现出一幅符合剧本情境、真实完美的景象。至于小说，就是要仅用语言将这种符合故事情境，演员在台上可以凭靠、可以触摸到的真实景象创作出来的一种艺术。

## 六

最近，我读到两篇极佳的小说。读后耳目一新的强烈感觉鲜有比肩者，因此无论如何，我要在这里谈一谈它们。

这就是收入在乔治·巴塔耶[20]的作品集《圣神》中的《我的母亲》和《艾德沃坦夫人》两篇小说。之前巴塔耶的作品由于拙劣的翻译而令读者头痛不已，此次生田耕作翻译的版本堪称出色。

西洋现代小说中，最吸引我瞩目的作家没有别人，只有巴塔耶、克罗索斯基[21]还有贡布罗维奇[22]等，在他们的

---

20 乔治·巴塔耶（Georges Bataille，1897—1962年）：法国思想家、小说家，作品涉及哲学、伦理学、神学、文学等领域，著有《内在体验》《文学与恶》《色情》等。

21 皮埃尔·克罗索斯基（Pierre Klossowski，1905—2001年）：法国小说家、评论家、画家，著有《活货币》《萨德——我的邻居》《尼采与恶的循环》《悬浮的使命》《巴弗灭》等。

22 维托尔德·贡布罗维奇（Witold Gombrowicz，1904—1969年）：波兰小说家、剧作家，著有《费尔迪杜凯》《横渡大西洋》等。

作品中，可以看到灵与肉栩栩如生而又不恭且粗暴的融混，还可以看到反心理主义、反现实主义、香艳色情的抽象主义、直截了当的象征技法以及作品背后隐藏的世界观等诸多共通的特征，它们仿佛跳过十九世纪，将十八世纪和二十世纪直接连结在了一起。

巴塔耶的《艾德沃坦夫人》是一篇隐喻上帝显现的小说，同时也是一篇极其猥亵的小说。小说写"我"在妓院"镜楼"与自称上帝的妓女艾德沃坦交易之后，尾随裸身披着黑色斗篷、头戴黑色面罩摇晃趔趄地走出妓院的艾德沃坦，目睹其发狂，"我"上前想帮她，便抱着她一同乘坐上一辆出租车，结果艾德沃坦却骑在出租车司机身上与之交欢，而"我"则似乎从她身上看到了上帝的显现。

将这篇与另一篇《我的母亲》一起读的话，就会发现，"母亲"的形象中叠合了艾德沃坦的影子。"我"和母亲的关系设定有种玷污圣母圣性的乱伦的渎圣幻象，但小说并没有将圣母描写成遭受侵犯的对象，而是主动挑逗者，她几乎是强迫着启发和诱导"我"在恐惧、战栗和陶醉交混中感知上帝的存在。

我在此并不想展开论述巴塔耶，这不是目的，况且，关于巴塔耶我想说的话太多了，在有限的篇幅内实在无法道尽。

但有一点是很清楚的，巴塔耶明知用语言几乎不可能完全抵达藏匿在表面色情体验之下的圣性（因为通过语言无法重复这样的体验），而他仍然运用语言进行表达。将"上帝"这种沉默加以语言化，这确乎是小说家一种登峰造极的野心。而出现在小说中的上帝，之所以选择了女性，是基于作者这样的认识，即在女性身上精神与肉体具有根源一致性，作为女性最崇高的德性——母性也好，抑或被认为最肮脏的妓女性也好，都是由肉体的同一处生发出来的。在这里，我们不妨回想一下将上帝称为娼妇的代表波德莱尔的那番话（《赤裸的心》）。

对于巴塔耶，当然不能仅以如此概念性的解释简单下一个结论，阅读这样的小说（更不必说翻译了！）必须具备的前提条件就是，突破作品中随处可见的语言的壁垒。

巴塔耶在作品集的序文中这样写道：

> 只有排除万难，斩断与现实的联系，超越自己，也就是背叛自己的意志从而超越自己，才能倾尽我们的全力，抵达我们倾尽全力试图排斥其存在的那个不合理的瞬间。

这里的"不合理的瞬间"，不言而喻，就是上帝显现的那一瞬间。"想来，当浑身的战栗与欢愉趋于一致的时候，我们内心的一切存在便都成了过剩的……除了过剩的存在残骸，还能想象有什么其他真理的意义吗？"

也就是说，当我们内心的存在缺少有形的余缺的时候（古希腊式的存在），上帝是不会显现的，当我们的存在在现世只剩下广岛的原子弹核爆炸之后投在石阶上的影子的时候，上帝才会显现。在巴塔耶的这种思想中，时常出现典型的基督教思想，而抵达那样的思想境地的方法，只有最大程度地利用"情欲与痛苦"。这就是巴塔耶的独特性所在。

《艾德沃坦夫人》由一段简洁的介绍开始，"我"，一个极其普通、寻常、好色的醉汉，看到"从厕所的楼梯悄然走下来两个妓女"时，便被强烈的肉欲和痛苦所折磨，在吧台上不停地喝酒直到夜幕降临。这段介绍总共只有短短的六行。

接下来的一段，故事急转直下。醉汉"想让胯下直接同夜晚街头的冷风接触"，于是当街脱掉裤衩 [……]。

之后会发生什么？突然，这个世界的准则随同"我"的裤衩一同滑落了。小说以惊人的速度，将"我"带至妓院"镜楼"，带到妓女艾德沃坦夫人面前。

"我"随着她从混杂的人群散发出的醉醺醺的酒气和

赤裸裸的肉体的挑逗中穿过，到走进屋子里进行交易这段描写，宛似快步登上螺旋楼梯一样，充分展现了法兰西式的简洁叙事。妓女翘起一条腿，[……] 自称是"上帝"，但是这一连串过程因为采用了简洁、快速、密度极高的描述而显得优雅。所谓优雅，尤其是在文学中的优雅，只能是一个真诚而严肃的态度问题。（我饶有兴趣地想起，之前圆地文子曾用"优雅"一词评论野坂昭如的《色情大师》的事情。）从猥杂中站起身来的艾德沃坦夫人的"进屋仪式"，显现出一种悲壮感的威严与壮丽，俨然一场"加冕仪式"，让人联想到让·热内[23] 将污秽壮丽化的写作技法。

　　这篇短篇小说意图以简洁到令人瞠目的文字，来证明上帝的存在，但整体构造却仿佛惊险电影般埋伏着一种悬念，让人不停地猜想："上帝何时出现？何时证明上帝的存在？"为此，小说像独幕剧一样处处精心设计，前半部分从"我"遇见艾德沃坦夫人、与之交欢，一直到追赶赤身裸体只披着件斗篷突然跑出屋子的艾德沃坦夫人，都只是艾德沃坦夫人自称是上帝，而"我"尚没有感知到上帝存在的体验，因而无法证明上帝的存在。

23 让·热内（Jean Genet，1910—1986 年）：法国小说家、剧作家、诗人、评论家、社会活动家，著有小说《布雷斯特之争》《小偷日记》《鲜花圣母》，戏剧《严加监视》《阳台》《屏风》等。

而在"空虚而疯狂的星空"下，当"我"注视着站在石拱门下的身披黑斗篷的艾德沃坦夫人的时候，她已经因性欲的释放而彻底解放，醉意消逝的"我"发现，艾德沃坦夫人就是她所自称的"上帝"。

然而，或许可以说那不过是自然神论意义上的上帝，从肉欲中清醒过来的理智经悟性所到达的笛卡尔式的上帝[24]吧。换言之，这是小说家的一个极其巧妙的花招。但是在小说中间部分，作者让身披黑斗篷、头戴面罩的妓女在深夜快步冲向空无一人的街道，与前半部分相比，氛围陡然一变，仿佛将读者引入一座巨大的圣堂一般，充满了神秘感。到这里，艾德沃坦突然发狂，全身瘫软、痉挛，惨白的裸体仿佛黑夜中的一道白色裂隙，呈现在"我"以及读者的面前。

"我"看着她。在"看"这个虚无之中，自己存在的本质仿佛沙漏一样一点一点地向对方转移。"我"以一种冷漠的焦灼填埋着这段时间。她把自己称为"上帝"，"我"则感知到了上帝的存在。"我"必须"看见"上帝。什么时候能看见上帝？这样的绝望及苦恼，在艾德沃坦全裸的、惨白的肉体痉挛面前，"我"几乎伸手便可以触及存在的

24 法国数学家、物理学家、哲学家勒内·笛卡尔（René Descartes，1596—1650 年）认为，人们拥有上帝的观念这一事实，就足以证明上帝的存在。

充实感与存在的过剩之间的那一道裂隙，可是却没能到达。

然而……

我深邃的绝望之中有什么东西在跳动……

散发出一阵燥热的陶醉……

渴求再一次"陶醉"！

就这样，"我"由先前的几近数学式的陈述转而陷入了错乱，语无伦次，在词语中挣扎不停，"我的写述成为一场徒劳"。这句关于语言描述之不可能性、经由语言抵达之不可能的陈说，不单单是小说的，也是为后面色情性地感知上帝埋下了伏笔。

接下来在出租车中的描写，迎来了这篇小说的真正高潮。艾德沃坦与出租车司机交媾场景的数十行文字，使读者看到了人类存在的最黑暗的深渊，同时也窥看到了那个从中生发的清澄而微微透明的领域。这一瞬间，巴塔耶让人充分领略了他作为小说家的极具冲击性的笔力。

这里不再需要赤裸裸地使用"上帝"这样的词语了。"我"放弃了自我，放弃了观察，坦承"我的痛苦和欲望似乎变得不值一提"。正是如此，此时上帝显现了，"我"真真切切地感知到了上帝的存在。

《艾德沃坦夫人》是一篇十分异样的小说。倘若以普罗斯佩·梅里美[25]《马特奥·法尔哥内》那样的古典短篇小说为范本来看的话，会觉得这个作品破绽百出，但是细读下来，就不难发现其中暗藏着严格的古典构造和令人窒息的张力。由此，我们可以明白，它是完全架构在上述古典范本基础之上的。

七

乔治·巴塔耶的《我的母亲》则是一部同《艾德沃坦夫人》截然不同、洋溢着浓郁的法兰西风格的中篇古典心理小说。但这仅仅是文章体式上的不同，从中我们可以清楚地看到，巴塔耶十分稔熟于这类普通小说家的古典技法，他完全可以轻松驾驭这种技法，但他的兴趣似乎只在如何去松动这类技法的根基，结果才成为一名爱挑剔、难以取悦的低产作家。

1906年，"我"十七岁时，父亲死了。"我"对经常喝醉酒后折磨母亲的父亲恨之入骨，事事跟身为反教权主义

25 普罗斯佩·梅里美（Prosper Mérimée，1803—1870年）：法国作家、剧作家、历史学家，著有长篇小说《查理九世的轶事》，中短篇小说《马特奥·法尔哥内》《高龙巴》《卡门》等，剧本集《克拉拉·加苏尔戏剧集》等。

者的父亲作对，甚至一度想过出家修行，父亲死后，"我"和"我"崇拜的神圣的母亲一起过着幸福的生活，并因此打消了当一名僧侣的念头。

之前，在少年"我"的眼中，母亲清纯而可悲，她只是沉湎于酒、女人以及赌博的堕落而狂暴的父亲的牺牲品，对我来说，她是纯洁无瑕的存在，母亲一直称呼"我"为"美少年情人"，"我"在母亲的眼里，是勇敢的骑士般的存在。故事情节到此为止似乎司空见惯，开头部分十分简洁，数段文字没有过多的修饰，却散溢着一股舒心的甘美。

对于美丽而忧郁的母亲有偷偷饮酒的嗜好，早在父亲生前"我"就已经有所发现。随着父亲死去，母亲的形象陡然一变，母亲出乎意料地向"我"承认，她其实比父亲更坏。

母亲微笑着，是一种刻毒的微笑、迷乱的微笑、不幸的微笑……

原来"我"的人生，出乎意料地，竟然是大人们"精心策划"出来的。

后来，母亲告诉了我父亲说的那句话："一切都算作我的过错。"这就是父亲的心愿。因为父亲明白，在我眼里，母亲是一个完美无瑕的存在，他竭力想让这种状态一直维持下去。

真相逐渐明朗。母亲最后饮毒而死，临死前留下的遗言是这样说的：

> 我想，一直到我死你都是爱我的。在这一瞬间，在死去的这个过程中我也仍是爱你的。但是，假如你不是明知我是个令人讨厌的女人却仍然爱我的话，我就不需要你的爱。

变态与疯狂的最终，以一个神圣的精神性母子乱伦的场景结束的这部小说，读者对其可以有各种各样的感受，但我深感一种在日本近年的小说中无法得到疗愈的饥渴，我在这部作品中得到了疗愈，这确是事实。

随着母亲的真相一点点被揭开，巴塔耶的笔致也由此前的沉稳、分寸适度一转直下，尽显粗暴无礼，接连不断地举起锐利的刀，将看似一个安定空间的四壁挑破，暴露出其不过是纸糊的墙壁而已。

我要从你的眼睛里看到蔑视，蔑视，还有恐惧。


　　这是母亲作为母亲，同时也是作为一个女人的最终愿望。诱惑一个人堕落，也就是使一个人认清真理。她不是推究事理者，而只能是她所信仰的真理的体现者，换句话说，她就是终极的上帝。这，可以说便是巴塔耶小说的根本构造。有时候我从巴塔耶的小说中会读到十八世纪自然神论者的糟粕，不过他还是通过母亲的口说出这样的话：


　　　越是堕落，我的理性就越发明澈。


　　使人——而且是自己的亲生儿子——感知上帝的存在，这真挚的爱究竟意味着什么？况且，从本质上说，她根本就是萨福那一类的人 [26]。

　　我们阅读小说，一半是官能体验，一半则是理性的探究体验。对于"会怎么样？"的期待与不安，希望解开"为什么？""怎么会……？""谁？"这一类的疑问，读者的这些朴素的欲望，且不论高级低级，都是阅读小说的最基本的欲望。德意志的成长小说多使用第一人称，而第一人

26 意为同性恋者。萨福（Sappho，约公元前 612—? 年）：古希腊女诗人，传说因遭一位女性恋人的拒绝而跳崖自尽，后被视为女同性恋者的始祖。

称的叙述更能令读者将自己的情感移入、产生共情。成长小说正是深谙人的这一心理特点，让读者将自己与故事主人公同一化，通过理性的探究，在数日之间就可以体味到往往需要经年累月才能形成教养的成长过程。这便是成长小说的机制。

而巴塔耶的小说正好与此相反，堪称堕落的成长小说，但其构造却如出一辙，即不管读者情愿不情愿，用"我"来代表读者天真的探究欲、理性分析欲、自我意识、抒情性、性欲等等，让读者去直面这些欲望的必然结果也就是读者极不愿意看到的真相，并且因厌恶与战栗而感知到上帝的存在。

那么，巴塔耶小说中的"母亲"代表的是什么？母亲，是引度我们接近上帝的诱惑者，有时候甚至就是上帝本身，她谙悉诱使人通向最高理性的路径只能是官能感受，并且必须使人官能错乱才能成功。她的"爱"是残酷的，因为她自己一心不乱，却要让对方情迷意乱，走向死亡深渊，不断激励对方，让对方最大程度地在官能探求中发现上帝。


你还不懂我。你还没能进入我的世界。


面对得知了母亲的堕落真相，并且身不由己卷入其中、气息奄奄的儿子，母亲所说的这番话，无疑就是上帝的谕示。

然而从另一方面来说，上帝又似乎在偷懒，只是一个脱去衣裳躺在床上的荡妇，而被诱说、被激励、被制服，永远是人的职分。小说无法直接描写上帝在可怕的白昼的怠惰，只能从人的方面来描写人的宿命性的迷惑混乱，而对于上帝方面则仅有极为有限的间接描写，也就是面对人（儿子）的愚钝所显现出的夹杂着爱与理性的焦躁而绝望的片言只语。上帝仿佛一头懒洋洋地窝在热带沼泽中的河马。

你母亲只有陷在泥淖中才能镇定下来。

巴塔耶在这里冷酷地指出，人拒绝上帝、否定上帝的拼命呐喊，并不是内心的真实反应，而真实的内心，就是巴塔耶的性欲的核心。将维也纳恶俗的精神分析学者们望尘莫及的性欲深渊掘开来展现在我们眼前的，是巴塔耶。

但是，正如前面讲到的，这部色情而抽象的小说，对于小说必不可少的精巧的"心理准备"，巴塔耶并没有懈怠，而是很好地将其穿插在其中。母亲把整理死去的父亲书房的活儿交给清纯的儿子，故意让他发现淫猥的照片，并且猜到儿子会感到恶心。对此，作者有一段说明：

> 同样的恶心、混乱使她发狂，这种发狂也将以某种形式传染给我，而在这之前，她怎么都无法镇定下来。

作此说明的作者，毫无疑问，是一位出色的心理小说家。

这之后，便是一股混合着怒涛般的温柔、充溢着同样凄苦的爱和一种潜藏着残酷的甘美的感觉，像蜜糖一样泛漾开来。

为了给后面母子乱伦的场面做好慎重准备，作者有意透露出母亲自杀的结局，母亲的自杀使其只剩下引诱儿子上床这一个选择，儿子面对这样的事态自责不已，同时又表示"我对母亲毫无情欲，她也不想得到我"，以此来暗示做出这样的选择仅仅是由于绝望。然而，这只是心理学上的分析，是让读者接受的一个必要铺垫。虽然作为一部心理小说来讲这就已经足够了，但作者的野心在于他并不满足于单纯的心理学意义上的破局。为此，作者故意将这心理破局提前泄露给读者，使得窥知了结局因而稍感安心的读者，一口气进入较之肉体上的母子乱伦更可怕、更官能性、更堕落的精神上的母子乱伦这样一种感知上帝的体验。

母亲说：

理性的快乐比肉体的快乐更加龌龊，因而也更加纯粹，理性之刃是唯一永远不会生锈的武器。在我眼里，道德败坏散发的刺眼的光芒将夺走我的性命，它是我的精神的黑色之光。堕落是君临于万物幽深处的精神之癌。

这段话，紧接在前面引用的"越是堕落，我的理性就越发明澈"一行文字之后。

对萨福同类人的她而言，"男人"意味着什么？

男人绝不会占据她的心，只是在炎炎欲焚的沙漠中，在她亟需解渴的时候才参与进来，在这过程中，不特定的外部存在那份沉静的美，也会期待和她一起陷入疯狂的泥淖、自取灭亡吧。在这个淫荡的王国中，有为爱情准备的乐土吗？温柔的人从受福音书招引而至的王国被放逐到此。Violenti rapiunt illud.（狂暴者抢夺它。）母亲给予我这样的命运，好让她君临这个王国。

小说《我的母亲》结尾部分母亲的独白，是一段充满了可怕的极度紧张的独白，但那是只针对读完全篇的人所发出的深情独白，在此我就不引述了。

八

前文稍稍谈及了巴塔耶《我的母亲》结尾部分那段精彩的独白，这里我不得不说，它一如古典戏剧剧终前的念白，起到了一举将故事推向全剧最高潮的作用，这像极了舞台上的戏剧效果。这种效果既源自称作独白的古典性格，也源自巴塔耶这位法兰西小说家的个性，并不是所有小说的高潮都拥有和戏剧高潮同样的效果的。

非但不能等同，甚至还会相反。

我们仔细思考一下"对话"这种表达形式的性质就能明白了。大多数的写实小说都会尽量避免唇枪舌剑的对话，对话更多的是作为描写的一个顿歇、作为写实的一种调味料来运用。但戏剧却不管多么写实，一行行的对话就像是整部剧的立柱，一根根的立柱立体地排列成行。细心阅读的观众一定会注意到，对于登场人物是谁、如何如何，观众对整部戏的把握，同读者对小说的把握是很有差别的。

戏剧表演中，即使在不说话的时候，人物站在舞台上，观众还是能够看到，这是戏剧表演及戏剧观赏的前提。即便只是配角，只要观众喜爱他的表演，仍会目不转睛地盯着他的一举手一投足，甚至对主角看也不看，观众拥有这个权利和自由。假设一名演员在一幕中有二十五段台词，演员会倾全力去完成这事关表演成败的二十五段台词的演绎；而对观众来说，则要在心里默默完成对这个人物形象的塑造，因而必然会时刻回想起演员此前的二十段台词说了些什么。因此，戏剧中的会话看似一气呵成，但每一段会话背后都被赋予了刻画不同人物性格的重要使命。我在前面将其形容为一根根排列成行的立柱，准确来讲，假如以颜色为代表将人物分作红黄绿三色，那么我们不妨想象一下三色的柱子交错有致地排列在一起的情形。

与此相反，小说中的人物即使不说话，仍可以通过内心描写时时刻刻地展现出来，会话并不是小说人物自我展示或者性格表现的最重要因素。小说中的会话大多不是全面表现人物性格的手段，在堪称将内心独白进行立体化展示的私小说中尤其如此。小说中的会话，除托马斯·曼的《魔山》、陀思妥耶夫斯基的《卡拉马佐夫兄弟》等几部思想论争小说以外，大多作为一种效果暗示或者烘托氛围的手段来使用，这种颇为有趣的技巧在短篇小说中作用尤为显著。

芥川龙之介的《将军》结尾部分的会话，就充分显现了其潇洒意趣，可以说少有俦比：

> 少将放肆地伸展开两腿，开心地说道：
>
> "木瓜不要又掉下来呢……"

然而，日本文学由于缺乏像托马斯·曼或者陀思妥耶夫斯基那样将理念冲突作为人物冲突来加以刻画的传统之故，很少在小说中将会话作为思想表白的一个手段。在西欧，由于不用担心冗长的会话像戏剧那样会使观众的注意力关顾不及，所以在小说中会话是用以表现思想冲突的一大武器，并产生了不少以对话形式呈现的文学作品，戈宾诺伯爵[27]的《文艺复兴》便是其中的优秀一例，在巴黎甚至有将《卡拉马佐夫兄弟》原作中的会话重新编排成戏剧上演的例子。

---

27 约瑟夫−阿瑟·戈宾诺（Joseph-Arthur de Gobineau，1816—1882 年）：法国外交家，同时也是一名小说家、文艺评论家、人种学者、社会思想家，其学术著作有《中亚宗教和哲学》《文艺复兴》《人种不平等论》等。

这其中的一个理由，与自古希腊以来的广场辩论术以及上流社会沙龙等的盛行，即抽象论争自身成为一种受人欢迎的社会传统有关。欧洲的戏剧成形于这种传统之上，小说自然也不可能不受到这种传统的影响，在小说形式尚不十分发达的十八世纪，前面提到的写实主义小说与写实主义戏剧二者在方法上或理念上的差别并不很明显。十八世纪的法国文学当中，小说的会话与戏剧的会话在效用上可以说没有本质的分别。

可是，倘若将此照搬到日本，则会造成不忍卒读的结果。我曾在《美丽之星》中进行过这样的尝试，却很难说是成功的。将论争小说化，古有《源氏物语》中"雨夜人物评"，近有江户末期的洒落本 [28]、明治初期坪内逍遥的《当世书生气质》以及两三种政治小说 [29]，差可举出一鳞半爪。至后来的日本近代小说，包括外国人称之为"会话小说"（Conversation Novel）的谷崎润一郎的《细雪》在内，已经不再将论争穿插进小说，小说中的会话仅仅只是一种写实性的会话，从而形成了契合日本国情的文学习惯。当然，

---

28 洒落本：江户中期至后期主要流行于江户（今东京）的一种俚俗的游郭文学，主要以写实的形式描写妓女与嫖客之间的对话及行为，后因败坏风俗而被禁止。

29 政治小说：日本明治初期伴随着自由民权运动而诞生的一种小说，以民权思想的启蒙和宣传为主要目的。

也有若干例外情况。例外之一，便是像横光利一的《旅愁》中出现的对话："那么，您认为科学与道德哪一个更要紧呢？"读来会令人有一种浑身起鸡皮疙瘩的古里古怪的感觉。

让我们稍稍归纳一下。或许是因为日语中的抽象语缺乏生活传统与生活背景，所以便反其道而行之，会话中频频使用抽象语（论争的场合这自然是必不可少的）以期产生一种反讽效果，即使并非故意为之，但仅从会话中还是会透出某种无根之草般脱离生活的近代都市趣尚。所以说，想要避免这种恶习，将抽象的论争性会话照搬到小说中，无疑是件极困难的事情，尤其是当女性参与到这种抽象的论争性对话中时，女性的形象就会变得极其特殊，化妆、发型、服装、脸型等等，都必须极不寻常，特殊到令人联想到某种并不姣好的女性形象。当然，这种思维模型是随社会发展而变化的，但意在突出主题普遍性的抽象会话，却反而会将小说变成几乎是照准某个特殊的知识分子集团的间接写实。

因此，日语的会话应当尽量避免抽象语、概念语，涉及情感和心理时，也应当尽量避免分析性的表达而运用暗示即可，这样做会比较妥当。小说不同于戏剧，戏剧可以借助演员的肉身来表示其存在，时不时地要担心会话会侵食演员自身。随着近代小说的进化，读者对于除会话之外的小说其他主干部分其分析性、概念性、抽象性等等几乎臻于日语极限的表达，已经了然于心，我想，这一要求反过来会去要求会话部分尽量具备写实性、具体性和官能性，但些许的不自然也能够被容许。如何一面欺骗读者感受层面上的违和感，一面巧妙地展开主题，成为日本近代小说家近乎老千似的秘技。

日语还有一个特性，即它的有利之处在于，即使不能做到像《源氏物语》那样分别使用不同的敬语来描写不同的人物，但仍能通过敬语区分人物的阶级、身份，通过男性用语、女性用语来区分人物性别，无需添加任何说明便可以如实地进行表现。小说家当然会充分利用这一便利。因此，无须像外国小说那样反反复复地出现"他说""她说"，男女会话立时就能够区分开来。这一便捷，与前面提到的表现相持不下的论争之难是互为表里的。

我认为小说中的会话，是一种必不可少的坏手段，因而我自己是竭力避免的。对于顺畅整然的主干部分的描述而言，它俨如上课的时候个别东张西望开小差的学生，给人的感觉是带有负疚感的即兴抒情。无论对话内容多么深刻，与叙述部分一相比较，就会有一种文字的分量变轻了的感觉，也许这完全因为我是个日本人。不管怎样，会话难免给人以浮薄的感觉，最主要的原因，或许是这样的会话在我们日常生活中是不会说出口的这一文化传统使然。我小说中的人物都尽量少说话，但我戏剧作品中的人物则是尽量多说话，尽管我明知这颇不自然，但在环境说明、心理描写、自然描写等相当于小说主干部分的地方，我都会引入会话，这是我特有的戏剧创作方法。

当然，在小说的戏剧性高潮中，也不乏白热化的会话发挥了重要作用的场景。不过单是会话的罗列，我以为就小说高潮来说总有点浓度不够的感觉。我往往会适度地收敛一下，为了增加真实感而在每一段会话中都点缀以人物的脸部表情、心理活动以及场景描写等等。场面越是不够从容、越是具有紧迫感，这种插入点缀就越能够发挥出不可思议的效果来，因为这正是读者对于小说这种客观性艺术形式的要求，它要求即使出场人物处于情感的狂涛巨浪之中，作者也万万不可丧失冷静。假如对这一要求视若无睹，读者便会怀疑作者是否自顾自地陶醉其中，而这种怀疑会使读者的陶醉瞬时冷静下来。

与此相反，在戏剧的高潮部分，我仅仅只被要求尽到描写之责。戏剧的序幕是最难写的，而尾声部分或接近尾声时，主角与反角一旦进入最后的对决，根据以往的经验，我的笔就仿佛变身为招魂术士的自动记录仪，疾走如风，我的思路竟赶不上笔头了。等到期待已久的高潮部分到来时，相互对抗的两个出场人物，在我内心化为两个活生生的对立人格，我的笔只不过是气喘吁吁地追赶着他们之间激烈的"语言的对决"而已。

## 九

关于现代小说谈谈了一通，之所以并没有从中感受到"感慨良久"的滋味，大概是因为我的这种感受性已经逐渐磨灭了吧。一边担任着若干个文学奖的评选委员，一边还是喜欢阅读小说，甚至胜过对一日三餐的喜欢，若真有这种人，毫无疑问，我想他一定是个怪物。

但是，如果说我讨厌小说，倒也并非如此，因为我仍在到处觅求"小说"。阅读评论文章也好，阅读历史书籍也好，我还是不改到处觅求小说的习惯，就这一点而言，一边学习法律讲义一边到处觅求小说的学生时代的我，同现在的我并没有什么两样。

我并非一个劲儿地追逐着新书读，而是会一读再读深受感动的"小说"，从中发现许多以前未曾关注到的好的"小说"。但只是抽象地说"小说"，终究有含糊不清、让人摸不着头脑之嫌，故而在此不揣冒昧举几个典型的实例。

完全出于自己的喜爱而读的书中，我最近又将柳田国男先生的名著《远野物语》重新读了一遍。这本初版于明治四十三年（1910 年）的书，是柳田先生在陆中[30]上闭伊郡的山中一处村落远野乡采录当地民俗及传说的成果，通篇以自由顺畅的文字写就，特别是序文，堪称美文中的美文。关于这篇序文我将在后面谈及，在这里我想先引书中第二十二篇的一段文字：

佐佐木的曾祖母老迈去世后，众亲戚将她装入棺材，然后当晚就聚集在老屋里为死者守夜，其中也包括因精神失常而被夫家休了婚的死者的女儿。按当地习俗，居丧期间是忌讳灵堂烟火熄灭的，所以便由祖母和母亲二人在宽敞的地炉[31]两侧分坐开来，母亲身旁搁着炭笼，不时往炉子里续添炭块。忽然听到后门那边响起脚步声，似有人进来，一看，竟是死去的老妪。老妪平素伛偻，弓着腰走路，因此将衣裳下摆的前面折成一个三角形，窝起来缝住。此时她出现在后

---

30 陆中：日本旧国名，是明治元年从陆奥国分离出来的，其地域相当于现在的岩手县大部和秋田县一部分。

31 地炉：在屋内地板中央切出一个正方形的坑，用以烧开水、煮食物，还可供屋内取暖。

门通往房间的过道上，依旧是这般装束，连衣裳上的竖条花纹都和生前的一模一样。还没等二人啊呀呀地惊叫，老妪已经从二人坐着的地炉旁边走过去，衣裳下摆刮到了炭斗[32]，圆形的炭斗骨碌碌地打起转来。母亲素来胆大硬气，她扭转头盯着老妪的背影，见她往一众亲戚躺着的房间走去，于是用尖锐的声音大喊一声：老太婆来啦！众人都被这叫声惊醒了。

这段文字中，让我感慨良久"啊，这儿完全像小说哩"的地方，是"衣裳下摆刮到了炭斗，圆形的炭斗骨碌碌地打起转来"这一句。

这是这篇短小的怪异谭的核心，毫无疑问也是日常性与怪异事件之间的相切点。由于这一行文字，这篇仅仅一页的趣谈较之一两百页似是而非的小说更像一篇小说，给人留下了长久难忘的深刻印象。

这种效果再怎么分析怎么说明也是没有结果的，不过我还是遵从现代的习惯，尝试来对它作一番分析。

守灵之夜出现的幽灵，依旧带有强烈的日常性：弓着腰，衣裳下摆的前面折成一个三角形，窝起来缝住，竖条

---

32 炭斗：又称炭篓、炭钵等，用来装炭灰的容器，有竹编的、木制的，形状则有圆形、矩形等。

花纹的衣裳也是生前所见的——幽灵以这样的形象出现，其同一性立时便得以确认。到这里为止，不过是司空见惯的怪异谭，人们已经知道老太婆死了，因此看到这里便明白这样的事情不可能发生，换句话说，躺在棺材中无法动弹的尸体与死去的这个人从后门进来这两个事实是互相矛盾的。两个互不相容的现实不可能同时并存，如果一者为现实，那么另一者只能是超现实或非现实。此时，人们既为亲眼所见的竟然是幽灵而恐惧战栗，同时还会产生另一种真切的感觉，即超现实侵入了现实。这与我们的梦的体验相似，当人接纳一个超现实的时候，反过来自我防卫机制也立即被动员起来，试图对现实加以保护的欲求变得更加强烈。从二人眼前走过的确是死去的曾祖母的亡灵，尽管不愿意承认，但既然出现了，想不承认也不行。不过仍然希望这只是一种幻象，因为幻觉对于人们的正常理性来说称不上是侮辱，我们甚至会很乐于借助酒来诱使自己产生幻觉。

然而，"衣裳下摆刮到了炭斗，圆形的炭斗骨碌碌地打起转来"，就无法再寄望于幻觉了。在这一瞬间，我们身处的现实世界被彻底震撼了。

故事由此进入了第二阶段。在亡灵出现的阶段，现实与超现实同时并存，而炭斗的打转喻示着超现实侵入了现实世界，指望它只是个幻象的可能性已不复存在，于是人的认识发生了逆转，幽灵变成了"现实"。幽灵遵从我们所身处的现实世界中的物理法则，用物理的力制御了炭斗这个无机物体，使得我们再也无法自我宽慰地认为那不过是自己主观意识的产物。这就证明了幽灵的存在。

一切皆在于炭斗的打转。如果炭斗不"骨碌碌"地打转，就不会有这样的结果。炭斗如同现实转位的合页，没有这个合页，我们顶多只能到达"现实与超现实同时并存的状态"，想要再往前进一步（这一步正是本质的东西），无论如何必须让炭斗打起转来，并且这个效果全赖语言来完成，也就是令人震惊。俨如舞台上的小道具的这个炭斗，无论其编结得多么精巧，它在这则小故事中都丧失了普通炭斗的日常性。简短的叙述背后浸透的日常性，为这个不起眼的什器的打转赋予了真正的意义，并且，在《远野物语》中，除了语言，作者没有使用任何其他材料。

我称之为"小说"的就是这样的作品。小说作为最具"诚意"的艺术表现形式，必须像这部作品一样，具备通过令现实产生震撼而使得幽灵（其实就是语言）现实化的源动力。这种动力并非需要使用冗长的叙述方能产生，凝缩成这样一行也就足够了。

上田秋成的《白峰》中崇德上皇[33]出场时，"声声唤着'圆位、圆位'[34]的叫声"一行文字同样如此。此时，也有一只无形的炭斗在打转。

然而，为数夥繁的小说，虽说被冠以小说之名，却大多是读上几百页也看不到"炭斗"打转的作品。"炭斗"不打转的作品，实在是称不上小说的。小说的严格定义，其实便在于作品中有"炭斗"打转还是没有"炭斗"打转，这么说也不为过。

柳田国男先生所采录的这则故事，的确可以称之为小说。

我从《远野物语》中看到的真正的小说，不仅仅是前面提到的第二十二篇。

第十一篇儿子杀死跟媳妇无法相处的恶婆婆的故事，具有令普罗斯佩·梅里美也自叹不如的张力，同时整个故事又十分精练简劲。熟读并仔细玩味这一篇，或许就会明白小说到底是什么了。这里对于亲人间的两难矛盾，没有一句心理描写，只是以悲悲凄凄的语气冷冷地描述着，从

---

33 上皇：日语中对退位后的天皇的尊称。崇德（1119—1164 年）：日本第75 代天皇（1123—1142 年在位）。

34 圆位（1118—1190 年）：日本平安时期的僧人、歌人西行的法名，俗名佐藤义清，原为北面武士（守护上皇居所的武士），后出家。

母亲、妻子、儿子三者之间，也就是两性最单纯最原始的三角关系开始一口气推进，直到凶暴地将母亲杀死，上演了一出不可避免的人间悲剧，其间砥磨镰刀挨到黄昏才动手的大跨度时间则被尽量压缩。尽管没有故意的逻辑构成，但故事本身的必然性所产生的内在张力是极具冲击力的。这场不忍直视的人伦悲剧，同时也是血浓于水的人伦关系酿就的。

也许有人会觉得，这不过是柳田国男先生将他从山村听闻来的故事整理写成的。但对于在小说中只追求自白的人，其实是轻视了语言表达所具有的呈现人的内在体验的魔力。柳田先生并不是有意将此书写成小说的，但其之所以成为一部优秀的小说，不是别的，完全是因为他具有出色的语言表达能力，这种表达能力和凝缩力，通俗地讲，也就是文章写作能力。

单纯作为情感饱满的纪行文学来说，《远野物语》的序文也是一篇足以证明柳田先生语言表达能力的美文。序文中不动声色的状景文字，堪称独一无二。《远野物语》记录的流传在一个几乎被历史遗忘的山间村落中的故事，是恐怖的集大成，而透过序文中所描绘的风景来读这些故事，又增添了几分凄怆情绪，加上作者超越了悲戚、冷漠的文字，更令人感觉到人间生活的残酷。

贫穷的山村就是一个小型人间集团，并且是浓密的、不可分离的人间存在，这些民间传说则间接地将其问题性揭示了出来。我们可以想象一下柳田先生在集成它们、向世人展示血淋淋的成果，写下这样优美的序文时是怎样的一种心情：

> 天神山中有祭祀有狮子舞。此处有一个掩映在一片绿色中，跳动着些许红色，远离尘嚣的山村。狮子舞在这里变成了鹿舞……（中略）笛声亢昂，农歌轻柔，虽距离很近但听不懂他们唱的是什么。太阳西斜，晚风轻拂，带着醉意相唤的声音显得有几分凄凉。妇人笑，小儿跑，怎奈犹不能一解旅愁！

十

关于小说，拉拉杂杂地谈说了一通，不言而喻，这充其量只是我的"个人小说论"而已。

在比如芥川奖那样的评审活动中，面对新人的作品，阵容强大的评审委员济济一堂，小说理念的多样性令人吃惊，十一名小说家根据各自长年的创作经验，坚定而武断地判定："这不是小说！""这就是小说！"那场面让人不由得惊叹。还有两名文学观相近的评审委员对于同一篇候选作品却显出截然相反的好恶，或者文学素养和创作倾向完全不同的评审委员，却会对同一篇作品看法一致得叫人瞠目的有趣现象。十一名评审委员对十篇候选作品进行最后的评选，虽然最终难免流于多数表决的生硬操作，不过最终获奖作品产生的整个过程，只能说是充满了神秘。

显然，基于"小说是什么"这一根本理念的评审观点，和从"喜欢什么样的小说讨厌什么样的小说"这种主观感受出发的评审观点，两者的界限模糊不清，经常容易被混同。但另一方面，明明是从个人主观感受出发来评选作品，却坚信即使不符合个人的好恶，自己也要尽力依据客观的评选标准并为此付出了极大的努力。事实上这种努力常常是事与愿违的。

说到小说评奖，很难断言获奖作品一定是候选作品中最优秀的作品，但它能促使评审委员们再次回到对"小说是什么"这一基本原理的思考上，仅从这一点来说，还是十分有益的。

即使是尚不成熟的新人的作品，当一名成熟的小说家作为评审委员面对它的时候，仍然会因为接连不断的踌躇、困恼而搅得心烦意乱。"这个开头部分也写得太差劲了。时空关系、人物关系，什么都没有交代清楚嘛……唉，这个姑且不计较了，大概内容还比较有趣吧。可就算这样，这文笔实在是糟糕透顶啊。如今的年轻人，是不是以为写小说就可以不在乎遣词造句什么的了？……净是废话、蠢话，真是一点儿辙都没了，这样的东西只能叫读者读得稀里糊涂……哦，女主角出场了，可是女主角一出场就说了一通令人讨厌的话。女人怎么可以这样说话呢？这样一来人物设定可就全都崩塌了。而且主人公对女主角的这种令人讨厌之处却毫不在意，还一见倾心，就算主人公不在意，但是作者似乎也对这个女主角持肯定态度，这也太显得人生经验不足了吧……嘀嘀，现在写的好像是鸡尾酒会的场景。咦，看起来是想把对话写得精练些，可是怎么看都像是乡间裁缝学校里的那种对话，一看就知道是从哪个小地方出来的……仔细读下来，感觉作者应该是想用这种浅薄的对话来表达一种讽刺，可是这种自鸣得意的腔调，倒让人感觉作者不过也就是这种水平……应该再侮慢些！更加侮慢！讽刺的力度不够啊！既然是抨击小资的东西，就片刻也不能忘记讽刺嘛。有没有读过福楼拜的小说啊？哦，现在是景物描写了。咦，这是在写海吗？怎么没有一丁点儿海水的味道？唉，越是堆砌一大堆的词语，就越是容易变成空洞的装饰呀……嗯，暴走族出场了，这帮家伙的对话还是蛮有意思的。嘿，是这样子撩女孩的吗？以前的话完全无法想象哩。嗯，对话要是这样像机枪似的干净利落地倾泄出来，文字的张力就出来了，这点还是蛮难学的……哎呀呀，伏线都不埋好事件就这样突然发生了，一个短篇才多少页数，是打算怎么处理？到底是怎么想的啊？如果一开始就打算这样的话，前面的铺垫也太长了，这不明摆着到最后只能虎头蛇尾地收场了吗？真是愚蠢，这点都不懂？喏喏喏……唉，这个结尾可以说是彻底失败，这样一来，整篇小说也彻底完蛋了！”

评审委员在阅读一篇作品时的内心独白大概就是这样的。这还是完全遵从自己的观点和情感，没有顾忌到别人的看法，倘若顾忌到其他评审委员的看法，往往还不想被别人认为自己“观念陈旧”，抑或“标新立异”，既不想被认为“顽固”，又不想被看作“太容易妥协”，等等，有人会因此在心里纠葛不断，弄得疲惫不堪。

这就像坊间那帮聚拢在神舆巡行休息处的小哥，表面看嘻嘻哈哈的，但随着年岁渐增，担神舆一天天地变得力不从心起来，因而老是忧心自己会被排除在轿班之外，只能酸溜溜地看着神轿从面前走过。“喊，我年轻那阵儿，比他们还灵巧，还要帅哪！”

——但是，小说毕竟不是神轿。小说没有范式，没有固定的招式。

尽管如此，总归有某些东西让人眼睛一亮："这就是小说。"真正的小说，必定有一处是会令"炭斗"打转的。每一位评审委员心中都盘桓着这样一种信念。每一位评审委员心中都仍充满了一种孩童般的希望，十一名评审委员个个都怀着对于真正的惊世珠玉顶礼膜拜的心情。

在我多年来参加的这样的评审活动中，只有一次，原稿一读之下顿时令我情不自禁、战栗不已，那就是深泽七郎的《楢山节考》。评选中央公论社主办的小说新人奖，要审读十篇以上超过一百页的中篇小说稿件，这不是一件轻松的工作。就在审读了若干篇参评稿件、精疲力竭之时，一个叫人无法忘记的深夜，我两脚伸在被炉[35]下，开始审读这篇字迹不是很漂亮的参评稿。开头部分是略显沉闷的对话，我不以为然地读着，五页、十页读下来，忽然有一种不同寻常的感觉，然后便一口气读到怵心刿目的高潮，一直到结尾，登时有种总算发现一篇无可争议的杰作的激动。

然而，这是一篇令人非常不快的作品。总觉得对我们而言，追求美和秩序的本能欲望受到了嘲笑，我们称之为

---

35 被炉：在炭火周围置以木框架，上面覆盖被褥的一种取暖用具，现在一般都采用电热热源，安装在矮桌下面。

"人性"的共识和道德约束受到了践踏，感觉就像平素裹掩在体内的脏器似的某种感情突然被抛到了大气中，崇高与卑小被故意混淆，"悲剧"遭到蔑视，理性和情感一下子都失去了意义，我们在这个世上赖以慰藉的东西一丝也不剩——就是这样一篇读后给人留下这种极不愉快的感受的杰作。至今我对深泽先生的作品老是有一种畏惧感，就源于当初读《楢山节考》时的感受。

像这种所谓文学意义上的杰作究竟是什么呢？我之后再一次产生同样的感受，是读阿瑟·克拉克[36]的科幻小说《童年的终结》。我可以毫不踌躇地说，克拉克的这部作品，是我读过的数以百计的科幻小说中首屈一指的杰作。《童年的终结》是一部完完全全的理性之作，与《楢山节考》正好形成对比，但在读后难以形容的不快感这一点上两者却是共通的。

不喜欢科幻小说的读者也许觉得无聊，故事大概讲的是，某日地球上空出现一支宇宙飞船部队，敦促地球上的人们努力建设国家、终结战争，最高程度地显示出人类所

36 阿瑟·克拉克（Arthur C. Clarke，1917—2008 年）：英国小说家，其作品多以科学为依据，许多预测都已成为现实，其对卫星通讯的描写与实际发展惊人地一致，地球同步卫星轨道因此被命名为"克拉克轨道"，他也被誉为"二十世纪三大科幻小说家之一"。著有《月尘飘落》《来自天穹的声音》等。

追求的那种理想蓝图，而地球则受到看不见的上帝在飞船中间接支配。这位没有人见过的上帝，五十年后终于现身，竟和人世间传说中的带翅膀的恶魔一模一样。原来在远古时期，人类无意中曾窥看到宇宙人的模样，误以为他们是人类的敌人，于是形成了一个恶魔的形象并传说至今。上帝不愿被人类误解，因此延后了五十年，等到人类的集体意识退化、文化和宗教传统断绝之后，方才露出其真实面目。

将人类的以往历史视作幼年期，想象其成人时的悲壮仪式，用戏剧性的手法将其表现出来的这部小说，这里就不详细介绍其故事情节了。当上帝以恶魔的形象登场时，读者一瞬间会觉得作为以严谨的逻辑性见长的科幻小说，这样的设定似乎很愚蠢，但深入思考后便会意识到，其中暗含着一种强烈的反讽。可以想象，基督教信徒在阅读这部小说时是多么地不快。

通过阅读小说，我们不仅希望保持个人的一点小小尊严，更希望捍卫自己作为人类一员的尊严，任何人都不会容许小说家摧毁这种尊严的根基。然而，某些令人不快的（拥有非凡才能的！）小说家却热衷于创作这样令人不快的作品。想到这些，我们不由得浑身直起鸡皮疙瘩。

在这里，无须拿卡塔西斯效应说[37]来说事。我们看到，某种小说确实产生了净化效果，但是这种净化效果是以摧毁我们所坚持的尊严为交换代价的。对此我只能说，这样做就是小说越权了。

这样的小说，确实是"炭斗打转"的作品，因而不得不认可它确实是小说。但是另一方面，虽然认可它是小说，但我们并没有义务全盘认可它。对于小说中猥亵、残忍的部分，以文学尺度来评判当然极其容易，但对于明显远离了文学尺度的非猥亵、非残忍的部分，就很难加以评判了。所以尽管巴塔耶的书写很过分，但我认为它只是基督教内部的一种叛逆，这世上，就是有这么一些让人陷入无底的不快泥淖的文学作品，或许可以将它们称为"恶魔的艺术"吧。

十一

因为是想到哪里便写到哪里的连载，所以前回阐述未能彻底的问题姑且搁于一边，今天我想就身边的一些事情

---

37 卡塔西斯（Katharsis）效应说：亚里士多德关于悲剧的两个重要理论之一，指通过音乐或其他艺术，使某种过分强烈的情绪因宣泄而达到平静，从而恢复和保持心理的健康。

来说一说，希望读者能以观赏间狂言[38]的心情来阅读。

数日前，我持续写作了约五年的长篇小说《丰饶之海》的第三卷《晓寺》终于脱稿了。虽然这并不意味着全书的完成，因为还有更艰难的最终卷要写，但总算是告一段落，正可谓行军中的片刻休息，不妨想象一下，坐在路边的草丛上两腿一摊，抽上一支烟，拿起水壶润一润干燥的嘴唇的那种情景。在旁人看来，是多么痛快的休息场面啊，但其实我是非常非常非常地不痛快。

这种痛不痛快，和作品写得好不好、自己满意不满意没有一点关系。那究竟为什么不痛快呢？要说明清楚需要花费一大篇文字，下面要说的估计他人是没有半点兴趣的，纯属我心情郁闷之下发出的独白。

我迄今也写过几部长篇小说，但写作篇幅如此之长的小说还是第一次。仅仅目前已经完成的三卷，加起来已经远远超过了两千页稿纸。创作一部篇幅庞大的小说，花费的时间几近建设一座蓄水大坝。不只是写作小说，其他工作也一样，大凡要干一件耗时七年的工程的人，对于未来有什么样的考虑，是不言自明的。时间是个不确定的因素，何况七年的时间，足以成为一段历史了。因难以预料的疾

---

38 间狂言：日本能乐演出的幕间由狂言演员表演的部分，类似于幕间喜剧。

病突然去世，或者社会骤然生变，以致妨碍自己在同样的环境下继续工作等等，这些都是大概率的事件，很容易预见的，要说一点也不考虑这些，那真是相当的乐天派了。

刚开始创作的时候，这些事情我都考虑过了。不言而喻，要完成这样一部作品，必须具备种种的幸运条件。经常有人指出，我的长篇小说在戏剧性方面有所缺欠，假如这次不能按照预定计划顺利写出来的话，我会很受伤，因此，我考虑了最坏的结局，然后姑且将眼前诸种现实条件"冻结"起来，开始进入创作。然而，对于这样一部超长篇幅的作品来说，所谓的计划只不过是我的一厢情愿。

于是，我只能一边将《丰饶之海》写下去，一边将它的结局交给我无法确定的未来去安排。这部作品的结局始终处于一种浮游状态，目前写完了三卷，但仍然还在浮游之中。不过这并不意味着，作品世界中时间上的未来与现实世界中时间上的未来，会如非欧几里得数学中的平行线那样实现相交。因为尽管未来是不确定的，但这个未来已经在业已完成的两千页稿纸中埋下了它的种子，其必然命运已经无法改变了。作品世界中的未来结局与现实世界中的未来结局，在时间上也不是完全一致的，爱伦·坡《椭圆形画像》³⁹那样的事件在现实世界中是不可能发生的。

因此，在写作这部长篇小说期间，我的人生中内含了两个现实。正如巴尔扎克临终前在病床上大呼自己作品中的医生来救命这个广为人知的故事，小说家是经常会将这两个现实混同为一的。然而对我而言，不将这两者混同为一，是极为重要的方法论，是关乎人生和艺术的最为本质的方法论。固然有小说家故意将其混淆起来，从而激发出一种全新的艺术感受，不过就我来说，书写的动力永远产生自这两种现实之间的对立和紧张。这种对立和紧张，在此次写作这部长篇作品的过程中并没有特别地加剧。

现在作品尚在进行之中，因此作品中的现实仍含蕴着未来在浮游着，而作品外的现实当然更不用说，一如惯常，也含蕴着未来兀自浮游着。

作品中描写了一个世间普通印象中具有匠人气质的艺术家，与作品之外的现实拉开了距离，前面提到的巴尔扎克的逸事等是他所憧憬的美谈。但是，两种现实都没有给出最终结局。对于我这样在两种现实的对立和紧张中找到

---

39《椭圆形画像》讲述的是一位对艺术喜爱得近乎癫狂的画家给自己美丽的新婚妻子画像，当画像逐渐拥有了生命时，画家的妻子却在丈夫的忽视中日渐虚弱，香消玉殒。

创作冲动之源的小说家来说，写作并不会使我被非现实的灵感所束缚，相反，写作的每时每刻都是在确认自己的自由之根本。这种自由，并非指小说家的写作自由，而是在两种现实当中，何时、何种情况下，我毅然决然选择哪种现实的自由，没有了这种自由的感觉，我是无法坚持写下去的。所谓选择，简单地说，即是舍弃文学还是舍弃现实，保有这种逼近极限的选择权，才能让我坚持不懈地写下去。基于某个瞬间的自由确认，我方能决定保有这种自由，而保留自由即等同于书写。没有自由，没有选择，我是绝对无法容忍的。

《晓寺》脱稿之际我的种种难以形容的不快，皆来自我的内心活动。也许有人会觉得我夸大其词，但人是无法否定自己的真实感受的。换言之，《晓寺》的完成，使得之前一直处于浮游状态的两个现实得以确定下来，而在作品中的世界完结封闭的同时，至此为止作品之外的现实也在一瞬间统统化为纸屑。说实话，我并不想让这一切都变成纸屑。对我而言，它们理应是十分宝贵的现实和一段人生。与这第三卷相伴的一年八个月，随着片刻的小休，两个现实之间的对立和紧张关系也消失了，一个成为作品，另一个化作纸屑，而这并不是我的自由，也不是我的选择。所谓作品的完成，其实就是这么回事，它会自动地"废弃"

掉一方的现实，而这也是让作品得以留存下来所必须履行的一个残酷手续。

当第三卷的结尾部分如狂风骤雨般向我袭来时，我几乎不敢相信，因为我赌现实一方将会笑到最后，这部小说我可能完成不了。面对这个大出意料的结果，我的大脑几乎一片空白。我又一次听到似乎有人在说"夸大其词"。小说家的精神世界可以说足可夸张到像整个世界那么大。

处于浮游状态的东西确定了下来，被锁入一件作品中，这个瞬间的那种痛苦经验，无论小说家说得多么夸张，都一点也不为过。

可是，仍有一卷在等着我。是整部小说的最终卷。"这部小说完成的话……"这话是眼下的我最忌讳的。因为这部小说完成之后的事情我无法想象，既讨厌去想象，更害怕去想象。而最重要的一点则是，浮游着的两个现实分道扬镳，一个被废弃，另一个被锁进作品中，一旦如此，我的自由又会怎样呢？大概仅剩的一个自由便是，我被称为这部作品的"作者"吧！这就好比受一个无亲无故的陌生人之托，出于礼节不得不为他的孩子起个名字，而我就是那个起名字的人。

我的不快即是由这种可怕的预感而生。倘若作品之外的现实不肯死命地将我拽引回来（我已经做好了充分的准备），我不知何时总会坠入深深的绝望之中。回想起来，少年时代的我总是期待着某个永不会到来的奇异事件，关于这个，我在短篇旧作《海与晚霞》中写得很坦白了。我至今仍带着这个少年时期形成的习惯，把自己造就成一个没有两个现实之间的对立和紧张所引发的危机感，就无法坚持写下去的小说家。

吉田松阴在狱中写给高杉晋作的信中这样写道：

> 身亡而魂存者，心若死则生亦无益，魂若存则身亡亦无损。

按照这个说法，这世上有两种人，即心已死而肉体仍活着的人，和肉身已死而心仍活着的人。心灵和肉体两者双双健康存活真是一件极难的事情。活着的作家理应如此，但心灵和肉体同时活着的作家并不多。以作家来说，令人搔头的一个事实是，即使人死了，但作品却能流传下来。心灵不存，唯有作品留存世上，想想是件多么让人毛骨悚然的事情。此外，心灵已死而肉体仍然活着的话，就不得不与自己心灵尚活着时期的作品共存于世，这又是多么怪诞丑陋啊！作家的一生，无论生存着还是死去，与吉田松阴那样磊磊落落的行动家的一生都是无法相提并论的。如果说作家的宿命就是活着的时候便不得不经历并咀嚼自己心灵的死亡，那么没有比这更加应该受到诅咒的人生了。

我仿佛第三次听到了"夸大其词"的嗤笑声。

"你是位小说家，所幸作品还卖得不错，生活也有保障，还有什么好忧虑的呢？老老实实写你的小说不好吗？我们饶有兴味地读你的作品，读厌了再卖给旧书店，最后把它彻底忘掉，这不就是小说家的职分吗？完全没有必要夸大其词，陷入某种妄想之中。你只要老老实实写你的小说就行了！其他的都不是你应该关心的，再说小说之外我们对你也没抱有任何期待呀！"

这个忠告非常正确，每一个字都直中靶心，我无言以答。但是，只要我活着，我就将尽我的全力，拼命挣扎着去反抗这个忠告，摆脱这个忠告。万一（即使万一也不会发生这样的事情）我的初心有变，顺从地接受了这个忠告，那么从那一刻起，我将一行字也写不出来了。

# 十二

近来，小说家中喜欢玩弄伪善言辞的人多了起来。全然没有一丝伪善味道的小说家，大概仅有森茉莉女士和野坂昭如先生等少数几位，叫人备感不安。当然了，这里并没有将内田百闲先生和稻垣足穗先生那样的前辈算在里头。

我在昭和二十三年（1948年）曾经写过一篇题为《重症患者的凶器》的小品文，其中写道："我写了和我同年代的大多数强盗，这点还是很引以为自豪的。"时至今日，我还是这种心境，《金阁寺》就是基于对犯罪者的心理共情才写出来的作品。

现在我之所以这样说，是因为从最近发生的"劫船事件"[40] 开始，文士诸君对此类事件的反应完全称不上是承袭了对弁天小僧[41] 赞美有加的日本艺术家的衣钵，坊间尽是鼓吹效忠所谓新朱子学说的战后民主主义和人道主义的言论。近年来每次发生此类事件，不仅听不到任何出色的建议，"不能这样说""这个不能不加以否定"式的自我审核在文士中间还下意识地得以强化，这实在是一种令人感到不可思议的倾向。

40 劫船事件：以武器或威胁等暴力手段劫持航行中的船只，从而严重威胁船只航行及搭乘人员生命安全的事件。根据本文发表时间，此处应指 1970 年 5 月发生在日本广岛市至松山市之间的濑户内海上的"普林斯号"游览船被劫持的事件，事件最终以主犯被狙击射杀、包括船员在内共 46 名人质全部安全救出而结束。

41 弁天小僧：日本歌舞伎《青砥稿花红彩画》中的人物，化妆成美女的盗贼，所谓"白浪五人男"（即五个义贼）之一，这里泛指恶人、坏人。

无须抬出陀思妥耶夫斯基的《罪与罚》来说教，本来艺术与犯罪就是相关甚密的近亲，模仿这个书名换个说法将二者关系称为"小说与犯罪"似乎也是可以的。小说受到各种犯罪行径的恩顾，从《红与黑》一直到《局外人》，对犯罪者没有半点情感移入的名作反倒是少数。

回到现实生活中的犯罪来，倘若下意识地同情起罪犯来，会不会遭到世人的非难？——内心泛起这种困惑来的话，可以说他就丧失了当一名小说家的资格。而如果明明有这种困惑，却将世间的金科玉律也就是人本主义当作一块遮羞布，躲在后面不痛不痒地发几句议论，那只能说更加卑怯。那样的话，还不如同警方权宜的发言腔调一致来得光明磊落呢。

犯罪不仅是小说的绝好素材，犯罪者的品质也无法切割地混杂于小说家的品质中。之所以这样说，因为这两者都要求对于盖然性的分析研究具备出色的能力，并且只有当超越法律的时候人们才会对这种盖然性有所希求。

法律、艺术及犯罪三者之间的关系，我过去曾经以置于人性这种地狱之火上烤年糕的金属格子网来作比喻，法律是那张网，犯罪是掉下格子网被烤煳了的年糕，艺术则是恰到好处地烤至黄褐色、吃起来喷香的年糕。总之，不带有地狱之火的烧烤印子，艺术是不成立的。

杜鲁门·卡波特[42]在《冷血》这部笔法生动的长篇纪实小说中，以一种讲述神话般的语调完全不加节制地对无可辩解的凶恶犯罪进行描写，但在整部小说中作者尽力避免任何激情的辩解。就这一点来说，小说一方面显示出复杂而洗练的高超技巧，但另一方面却完全丧失了小说应有的伦理性。而这大概就是卡波特的写作初衷吧。可是，这种从一开始便放弃了伦理标准的作品，是否可以称为小说尚存疑问。当然，我没有将小说与修身混为一谈，只是想对认为《冷血》不可能是不道德小说的观点批判一下，读者诸君不妨回想一下萨德侯爵[43]作品中的食人魔激情万丈地阐述一大通理论，把自己正当化的情节。

　　小说只有撇开世间普遍的人本主义的观念，将对犯罪者的同情心（这是理所当然的）抛向社会，煽起人们对于几无辩解余地的犯罪以及犯罪者的辩解热情，才成其为小说。当不为法律和社会道德所容，或者即使想为之辩解，但在所处的社会也没有辩解的伦理依据可依时，小说家只能放弃依靠大多数，放弃舆论，而选择孑然一人挺身而出，为

---

42 杜鲁门·卡波特（Truman Capote, 1924—1984 年）：美国小说家，著有《别的声音，别的房间》《蒂凡尼的早餐》等。

43 萨德侯爵（Marquis de Sade, 1740—1814 年）：法国小说家，被称为"情色小说鼻祖"，著有《索多玛 120 天》《闺房里的哲学家》《爱的罪恶》等。

尽力拯救可能因此遭到抑压的人性的某些重要方面，而构建出另一个现实世界，最终在这个世界中完成自己的小说创作。

显然，不能将这种热情与正义感混为一谈。小说家也是生意人，无论世间如何妆饰着一副人本主义的假面具，小说家都清楚地知悉在它下面所掩藏的丑陋的好奇心以及对于罪恶的嗜欲，也深谙一旦其中的通路被打开，任何人都可能同犯罪者的孤独心理息息相通。小说家所采用的方法，并不是在演讲会场向大众疾呼以博取赞同，而是悄悄潜入每个人的心房，进行一对一的单独说服。

按照世间一般认识的无可辩解的犯罪，是最能够激发小说家的想象力，并进而诱使其产生一种反抗意识和反抗行为的。因为这种时候，小说家会为自己与所处社会的一般判断不同、处于孤立无助的境况而感到自豪，这与毫无悔悟之心的犯罪者的自豪感相似，以为自己或许会建立一个全新的价值标准。小说的伦理性，正是在这种认识危机产生之际显现出来的。

当然,这种时候小说家本可以有多条安逸的逃生通路。比如，利用自古以来的性善论，从社会环境的角度来对犯罪动机加以阐释，将罪责推向社会以及政治体制。不过这种手法过于老套了，社会对其责任也已自认，因此事情会弄得无法收拾。无论社会犯下多大的罪，你总不能够逮捕社会啊。

另一方面，小说家撇开社会一般认识，站在性恶论立场上来论说难免也有一弊，很容易将恶泛化。假如性恶论正确，则不管多么凶残的犯罪，不也正反映了包括我们自身在内的人类共有的某种人性吗？假如性善论正确，又机械地将犯罪者与我们置于同一出发点上，我们没有走上犯罪道路只能说是一种幸运了。

犯罪行为中独有的那种搅人灵魂的东西究竟是什么？无疑，小说家的兴趣最终是指向这里的。在浩瀚如烟的检方公诉文书和警方调查文书中，犯罪者（嫌疑人的自身表达能力或许也有关系）没有吐露出来的秘密又是什么呢？自然，这个秘密即使不交代出来，在法律上也不会构成任何障碍，想必不会强制究问的吧。但是小说却独独被这个秘密深深吸引，一心想从这里挖掘下去。

这时候，恶就不再是抽象的原罪，抑或人类所普遍共有的问题，它必将成为极为孤立的、难以论证的人性的某个未知的侧面。当我读到美国关于恶性暴力犯罪的犯人的染色体研究，说在这类男性犯人中，发现多例较普通男子多一个男性因子[44]的异常个体的报道时，曾下意识地感觉，这似乎可以成为解读战争这一最最神秘的问题的一把钥匙。反过来，它也为解释男性与文化创造之间的关系提供了一个前所未有的视角。

这个暂且不展开了。犯罪的这一令人感兴趣且让人厌嫌的独特之处，具有一种使我们的日常生活立于薄冰之上的作用。就是说，当某种默认的约束被毁弃，其强烈的反社会性反而能使得社会实相清楚地显现出来。这就仿佛我们整个温良的社会集体之中，突然出现一片荒野，兽性如同闪飒的光从荒野上驰过，瞬间将我们坚定无疑的信念击得粉碎。

事实上小说家创作小说所期待的效果，就如同这闪飒的光一样。尽管这种效果包含了一定的犯罪意图，但由于近代社会特有的宽大性，小说几乎不会受到任何惩罚，因而小说可以无视法律以及社会道德，并基于此悠然自得地玩味一种由伦理冲突带来的紧张，从而唯美地创作出一个法律上称之为"确信犯"的体系。

现实生活中，犯罪者最终会受到现实中的法律制裁，而小说如此创作，万一取得成功，能够制裁小说的恐怕唯

---

44 即超雄综合征：一种性染色体异常综合征，即男子在正常染色体基础上多出一条 Y 染色体。患者通常被认为具有暴力倾向。

有上帝。

　　然而这可以说是小说所独具的作用，抑或小说家一己的功绩吗？这一点实在让人怀疑。小说家天生的犯罪者潜质，与其说一似杀人犯，莫如说更像盗贼，从很久以前开始，剽窃就自不必说了，小说家最得心应手的本事就是盗取别人的灵魂。成功的犯罪小说（我指的是从《红与黑》一直到《局外人》的所有此类作品），难道不都是作者从现实的抑或虚构的罪行当中，盗取了犯罪者所特有的让人着迷的兴趣点，从而取得成功的吗？犯罪者释出这个兴趣点，不得不付出死刑的代价，而小说家却活得好好的，并且用这个兴趣点换取了作品的荣冠。

　　这样想的话，犯罪所具有的令人感兴趣的那个独特的点，究竟是什么呢？只能说那是一种从社会内部观察社会的人眼中映出的孤绝的、反社会性的、如黑矿石一样闪闪熠熠的东西。大概是因为无知、理性缺少规制、性格冲动等诸种因素，使得犯罪者"主观无意"却还是走上了反社会的极端道路，由于其本人并没有叛逆的意图和思想，因而罪行愈发显得纯粹，于是释出一种令人着迷的东西吧。至少，在劫船事件中并没有劫机事件那种滑稽的合谋。

　　下一回，按照顺序，我想谈一谈小说能否表现癫狂这样的主题。

## 十三

前些时候，因受邀参加芥川奖的评选，我终于又久违地读到了一篇不错的新人作品，就是吉田知子的《无明长夜[45]》。这篇小说触及癫狂这个主题，并且可以说取得了一定的成功。

> 不管是在学校，还是回到家里，我都没有可以亲近和说话的人，所以我对于他人的事情从来都不会去考虑。不光是对于他人的事情，我对外界和所有现实世界中的事情几乎没什么兴趣，它们不过是徒具外形的虚假存在，我和它们之间只是一种相互敷衍的关系。

在这样的心境中长大的女主人公，与一名平凡的技师结婚后，被叱责为"无趣的女人"，且无法生育孩子，同性格古怪的小姑福子倒相安无事。丈夫在出差期间突然下落不明，两个月后她独自一人返回娘家门前村看望母亲。

45 无明长夜："无明"系佛教用语，意为无知、愚昧，"无明长夜"在佛教中用来比喻众生的惑蔽状态。

村子里的那座寺院堪称她的灵魂真源，它不远处的千台寺六角堂，则是后来建的新院，在她幼小的心中留下了"纯粹男性"的印象。故事后半段的主要内容是写她与新院一厢情愿的心灵沟通、用间接方式杀死患有癫痫的幼时玩伴玉枝的事情以及寺院一场不大的火灾等。故事越往后面，女主人公的疯狂也愈加登峰造极，现实与非现实的界限越来越模糊不清，以故事性来讲并没有多大意思。

然而这篇小说的有趣之处和真情实感却在于其细节，正如作者本人所说，故事情节只是不得已而如此设定的。主人公对人间缺乏丝毫的感受，尽管"凝眺晚秋的篝火"这种堪称感官的极致感受她多少有所感觉，但对于人间物事，却仅仅是在玉枝癫痫发作、扭曲地视人为"物"那样的短暂瞬间才会心里有所触动。她对于新院的情感，既非单纯的系念，也不像好色之徒那种色眯眯的缠绵情意，而是混杂着被遗忘了的沁入感官深层的抽象的嗜欲在内的复杂情感，换句话说，是一种理性焦虑的官能体现。对于触摸不到——岂止触摸不到，反而越来越疏离——的现实世界，主人公苦无回天之术，为了寻回自己的存在感，她能做的，唯有徒劳地焦虑。

在这种欲感受却无法感到的重度疏离中，虽然以人的形式存活在这世上，但这种矛盾无法使人不发狂，当她以为自己只不过是一只咖啡壶时，便意味着癫狂的最终胜利。

文学与癫狂的关系，同文学与宗教的关系有相似之处。无论是荷尔德林[46]的癫狂，还是热拉尔·德·奈瓦尔[47]的癫狂，又或者尼采的癫狂，越是癫狂到令人无法理解，其极度孤独的理性就越能够攀上一个澄净清新的高度。仿佛在氧气极度匮乏、平常人们一定会发生高山反应的高度，癫狂反而能给予人如履平地般的适应能力（尽管只是短暂的片刻）。

当然，《无明长夜》并不是站在这个高度展开描写，也不是根据作者的自身体验加以小说化的作品。故事所描写的，是一个癫狂的过程，某个导致人疏离的原因渐渐发育，使得人的现实丧失感越来越强烈，类似克雷奇默[48]所贴切地指出的那样，"同外界发生接触的皮肤渐渐变得像

---

46 荷尔德林（Friedrich Hölderlin，1770—1843 年）：德国古典浪漫派诗歌的先驱，创作有诗歌《自由颂歌》《人类颂歌》《致德国人》等。

47 热拉尔·德·奈瓦尔（Gérard de Nerval，1808—1885 年）：法国浪漫主义诗人、作家，后因癫狂发作而自缢身亡，创作有诗歌集《小颂歌》《幻景》、小说《西尔薇》等。

48 恩斯特·克雷奇默（Ernst Kretschmer，1888—1964 年）：德国精神病学家、心理学家，他进一步发展了催眠术和精神疗法的新技术，并提出"体格类型理论"，著有《体型和性格》《偏执狂和感觉力》《心理治疗研究》等。

皮革一般坚硬而粗糙”，即精神分裂症状越来越显著，而随着各种细节的不断堆积，最终将故事推向一个高潮。然而，精神分裂症状的加剧，即使像常常发生的那样以杀人或自杀而结束，严格来讲，也是不能称之为高潮的吧。因为，即使从读者的角度看，这也是危险的反社会性的一种现实化行为，形成了所谓社会事件意义上的高潮，但是从其自身来说，这仅仅是癫狂加剧过程中的一个偶发事件而已。

这便是以癫狂为主题的小说构成上的最大难题。在这一点上，《无明长夜》也存在明显的不足。就是说，小说的构成应当具有必然性，故事情节应当具有因果关系，这一点在前面已有所述及。这是小说脱离“故事”而成为小说的基本要素，也是 E. M. 福斯特所说的“国王去世，王妃因悲伤过度不久也去世了”。“悲伤过度”这一情节要素便道出了小说的本质。

然而，癫狂在其不断加剧的过程中，并不会必然引发故事高潮的发生。必然性的高潮在于“物化”“自我物化”，从常人的角度来看，等同于“死”。疯子的自杀具有双重意味，一方面，自我物化使得癫狂症状加剧，而死（自杀）更起到了推波助澜的作用；另一方面，疯子的杀人因其反社会性而被社会视作相互对立的关系的一方，但因为法律免除了其责任，所以严格来讲，一对一的对立关系并不成立。俗话说，"疯子玩刀，必闯大祸"，死于疯子之手的人，用社会用语来说，叫作"死于（意外）事故"。

这种偶然性的体现，或者说自我行为的偶然化，本身就意味着自我物化这一过程的不断蔓延和加剧，因为偶然本来就是"物"的特质，用宗教语言来说，偶然是"上帝"的本质。所以，在超越人的必然性前提下发生的种种现象，只能说属于宗教的范畴了。

从这一点来讲，《无明长夜》中的杀人事件与寺院失火这种妄想性的故事高潮，是作者生硬地试图让小说达到高潮的恣意而为。这类小说，仅仅琐细的情节堆集便已经够了，其中颇为巧妙的情节甚至让人联想起霍夫曼斯塔尔[49]的《菲利普·钱多斯爵士致弗朗西斯·培根》，可惜故事的高潮却将它毁了。

这篇小说告诉我们，癫狂与正常的社会生活的并行关系乃至离反过程，是可以成为小说的题材的。癫狂这一题材令人棘手的特色，并不在于它的本质是反社会性的，而是关于癫狂的种种理论本身都没有触及其本质，而在疯子的幻想中，社会生活的残滓（包括所有最低俗的东西）却

49 胡戈·冯·霍夫曼斯塔尔（Hugo von Hofmannsthal，1874—1929年）：奥地利诗人、剧作家，创作有诗歌《生命之歌》《提香之死》《三行串韵诗节咏消逝》等，剧本《玫瑰骑士》《失去影子的女人》《埃及的海伦娜》等。

泛滥横溢。将这一点与前回所述的犯罪问题比较来看，想必就十分清楚了。将犯罪要素视为人的先天性本能的隆布罗索[50]等人的学说姑且不说的话，犯罪的本质即是反社会性。将犯罪正当化的最高理论是将犯罪分为政治犯罪和非政治犯罪，这和我们将自己所生存的社会正当化的理论性质完全是相同的。这也是长久以来，作为小说的题材，人们对犯罪远比癫狂更加亲近的原因之一。

我们生活在一个对杀人不予容忍的社会，意味着我们同意受到这样一种社会契约的约束，也就是我们自己也不被容许杀害他人。癫狂毕竟是一种疾病，无关人的自由意志，因此，即使癫狂具有极大的危险性，发狂这一行为本身却是得到宽容的。

这听上去似乎有点矛盾，而这其中正隐含着小说所关注的重大问题。

这是因为，小说也是艺术的一种，所以小说的主题选择、题材选择、语言选择等等，统统都与作者的意志有关，与精神状态有关，与肉体有关，我们不能将这些交给不可

---

50 卡萨雷·隆布罗索（Cesare Lombroso,1835—1909 年）：意大利犯罪学家、精神病学家，运用人类学的测定法作为研究精神病犯罪人和其他犯罪人的方法，创立了犯罪人类学，著有《犯罪人：人类学、法理学和精神病学的思考》（即《犯罪人论》）。

预测的上帝的意志，或者癫狂的偶然意志去决定。不错，苏格拉底的哲学来自恶魔的灵感，但苏格拉底并没有陷入癫狂。

选择本身就包含着自由意志的问题。小说可以说是"自由意志"这一信仰的极限实验。社会对于人所要求的社会契约也好，伦理规约也好，无不是试图跨越和打破自由意志本身的一种权宜构造。

一旦引入癫狂这个问题，这种权宜构造的根本机制便出现了裂隙。自由意志虽遭到了否定，但堪称自由意志精华的虚构的小说世界却被具现出来。

论说了一番犯罪与癫狂，我却并没有触及所谓倒错的问题。最后，我要略略触及小说中的倒错问题，来谈一谈沼正三[51]的《家畜人鸦俘》。

我时常觉得，这部作品具有某种诱惑力，让人不由自主地想将它与萨德侯爵的《索多玛120天》加以比较。这不仅仅因为两者都谈及"粪尿嗜好症"[52]，更主要在于它的

---

51 沼正三：日本覆面小说家（不公开本名及经历等的小说家），1956 年起在《奇谭俱乐部》杂志上连载科幻及性风俗小说《家畜人鸦俘》，总篇幅约百万余字。据猜测其很可能是三岛由纪夫的化名，被猜测可能为其真实身份的还包括奥野健男、武田泰淳、涩泽龙彦、会田雄次、远藤周作、仓田卓次以及其代理人天野哲夫。

52 粪尿嗜好症：性欲倒错的一种，指从人的排泄行为及排泄物中获得性快感。

虚构的逻辑性。《家畜人鸦俘》的世界并非癫狂的世界，它的逻辑性和社会性中充满了恶俗，令人极度生厌。其文章并不是经过精心推敲因而富于文学性的，也缺乏让人产生共感的故事情节，从这一点来讲，这部作品也同《索多玛120天》十分相似。

令人惊愕的，是借由自由意志而生衍出来的庞大的虚构世界。这个世界一如我们所生存的世界，建立在支配与被支配的逻辑基础之上，只不过其表达过于露骨，毫不隐讳，因而对于这部作品的类推性和讽刺性大可不必过度评价。类推和讽刺在作品中无疑只是一种戏谑。让人瞠目的却是，作品尝试触及一项终极实验，即当受虐这种性欲倒错被自由意志和想象力全力驱动的时候可能会发生什么。当一种倒错行为受到认可时，社会将不得不走到这一步，读者读后会情不自已地浑身战栗，而此时作品就可以说触及了小说的本质。当污秽被视作美时，那种美同我们各人的感受性所内含的美，在性质上没有丝毫不一样。

十四

小说是什么？关于这个问题，再怎么无休止地谈谈也是徒劳的。小说这个概念本身就很莫名其妙，从佩特罗尼乌斯[53]那个时代起便有《萨蒂利孔》这样的作品，这些作品无一不是将人引向人究竟为何，世界究竟为何的迷宫。一旦走进这样的迷宫，倘若发出"小说究竟是什么？"这样的问题，本身即可以形成小说的一个主题，甚至成为一部小说，普鲁斯特《追忆逝水年华》便是这样的作品。概而言之，作为近代社会发展产物的小说的诸多佳作，几乎都是就"小说是什么"而对自己及他人发出的疑问。因此，小说可以说一直是在世界观与方法论之间犹疑彷徨着。倘若失去了彷徨和怀疑，严格意义上来讲，是不能称其为小说的。

于是，那些一直在思考小说是什么的人声称，所谓小说就是一种不断摸索的行为艺术，这样便偏向于技术定义而漏掉了最重要的东西，不仅如此，小说还有一种奇怪的特性。从被称为"小说的小说"的纪德的《伪币制造者》，到现代的各种新型小说，几乎都给人留下极富人情味的印象，就是因为这一特性。

小说具有生物所散发出的那种令人毛骨悚然的一面，这是我们无法轻忽的。即使是拥有一种古典的和谐美的作品，只要是小说，它就一定会长出毛发，散发出体臭。

53 盖厄斯·佩特罗尼乌斯（Gaius Petronius，公元27—66年）：古罗马的官员、作家，《萨蒂利孔》（*Satyricon*）据传为其所作。

前些时候，我在江之岛的海兽动物园看到一种叫作南极海象的模样古怪的巨大海兽。事实上，这种纺锤形、肥硕得难以形容、长着一副丑恶面孔的海兽，看上去十分百无聊赖，一副自己都拿自己毫无办法的样子。铁锈色软滑的躯体懒惰地躺在那里，游客们用小鱼逗引它们，可它们却好像连看一眼都嫌麻烦似的，随意地朝旁边扭过头，结果小鱼被海狮夺了去，海象仍懒洋洋地毫不在乎。它既懒得跃入水中，也懒得翻身，于是就一直这么肚皮贴地躺在水泥地上，但时不时会耸动几下灯泡般的鼻头，或者挤出一坨屎。它有时睁眼，有时闭眼，但都是毫无意义的动作。离开了它生息的大洋，那硕大的身躯与身后的海洋背景已经失去了均衡，而这失衡的巨大躯体引来了游客的观赏兴致。处在一个本不该身处的环境，会使其显得有种珍奇性。随着风拂气动，海象发出的异臭令人掩鼻。种种的缺点，让人情不自禁地想，大自然为何创造出这样的东西来？尽管这样的疑问显得很愚蠢，但眼前景象却不能不让人作如此想。不管怎么说，它较之人们更为熟悉的鲸鱼的确更加独创，正因为打破了人们所拥有的既有概念而令人耳目一新，并且在大自然中它几乎是完全被埋没的一个非社会性存在。

　　看着海象，我不由得产生了一个奇想：这正是理想的小说呢。无须过分敏锐，无须过分纤细，这样就很好。模样虽怪异，但是健康，绝不颓废，怠惰而硕大的躯体中很自然地蕴含了它的主题。

体臭、动物性、孤独、被人为地与大自然隔绝开来却仍顽强地保持着的一种自然性、为适应海洋生活而进化成的纺锤形体态、默默无言和无尽的日常所呈现出的描写力、让人兴致不衰的幽默的单调、强加于它的主题的反复，还有屎……这才是小说，才是小说受人喜爱的特性。现代的小说恰恰丧失了其大部分特性。

南极海象身上所体现的小说特性，细数起来还有不少：仅仅生存本身即已十分充分的意外性条件、存在的无意义与生存的自我满足之间的幸福结合给予人的启示、促使人思考生存的不合理性、拒绝他人的热情与自带忧郁的自负、全身散发出的一种难以言状的可爱的滑稽感……这些正是那些小说杰作持续不断给予读者的东西。

如果说雕刻追求的是一种理想的存在形式，那么小说追求的便是当下的存在性。小说的主人公不同于戏剧中的主人公，他应该敢于大口吃饭、挤出屎坨，甚至不惜挑战死的尊严。

我带着这样的感想离开了海兽动物园，然而回到家里却发现，自己展读中的小说与此截然不同。

这是朱利安·格拉克[54]写的《阴郁的美男子》（小佐井伸二译）。

这里净是冷冰冰的理性、潇洒的拿腔拿调、荒凉的避暑胜地的布尔乔亚式生活、堪称海边"魔山"[55]的有闲男女们文明而病态的社交圈。故事主人公"阴郁的美男子"阿兰风度翩翩，自然，他既不会大口吃饭，也不会公然挤屎，他自始至终都保持着理性优雅的姿态，同时牵动着所有人为他着迷，但最后他还是无所顾忌地走向死亡。

我一边为这小说的翻译语言之生硬，尤其是女性间对话的生硬而无语，一边逼着自己往下读。朱利安·格拉克的反时代趣旨、冷艳的美感、世纪末文学在现代的余响以及颇具现代性的层层递进的笔力和主题展开，从始至终都令我深深地着迷。同时，我也悟出一个道理：南极海象是不足以用来衡量一切的。

然而本书的解说将主人公阿兰视作"死"的化身，我却并不以为然。我认为，阿兰并不是"死"的化身。一开始他怀着自杀的念头来到海边酒店时，故事的出场人物谁

---

54 朱利安·格拉克（Julien Gracq，1910—2007年）：又译"葛哈克"，法国小说家、"超现实主义第二次浪潮"的主要旗手，著有《阿尔戈古堡》《阴郁的美男子》《沙岸风云》《林中阳台》等。

55 魔山：指托马斯·曼所著《魔山》，小说以一处疗养院为舞台，描写了一群寄生虫病态、垂死的腐朽生活，隐喻资本主义文明的没落。

也没有注意到，直到酒店老板那番很不礼貌的谈话这一秘密才被揭晓。在这里，作者将阿兰形象化所想要表达的含义或许在于：死的决意给予人一种无比透明的万能性。放弃了生存意念的阿兰，令他周围那些"灵魂死者"以及"理性病人"发现自己无法与这样一个自我放弃的人抗衡，因而拜倒在他脚下，甘愿服从于他的精神王权。阿兰由于这一点而拥有了无比崇高的王权，让所有人都甘愿服从自己。人们魅惑于谜一样的阿兰、不可思议的阿兰，由此根本不可能意识到阿兰实际上是从"彼处"远眺着"此处"。洁身自好、不沾赌博也好，处理人际关系时的超脱也好，阿兰并不是一个异类，他只不过在某个瞬间令人们产生一种像是冻结住一般的刻板印象。朱利安·格拉克应该是意图与一般小说家的视点有所差异，才设定了这样一个视点的吧。因此，人们没有意识到阿兰是从另一个世界谛观这个世界，而是一个劲儿地注视着阿兰并为之犹疑彷徨，结果死于阿兰的"毒"。阿兰本来不应该是人们注视的对象，他只是在小说中露骨地现出身姿的一个"谛观者"，但因为他的美貌和潇洒，却俘获了所有人的视线，然而他的外在魅力，实际上早已经被他自己彻底舍弃了。

以精巧的文辞描述微妙的事理，这种法兰西的独特文体，很难不让读者有种多此一举的文学酸腐气的感觉。然而领受了这种不幸的阴郁的朱利安教授却让阴郁在现代复活了其存在价值，那是自 1910 年代以后人们不愿意去回顾的东西。

大概我的读书特别有偏向性吧，读过朱利安·格拉克的小说之后数日，我又读了村上一郎的短篇小说集《武藏野断唱》，被书中最后收入的一篇《广濑海军中佐》所打动。

之所以会阅读这部小说集，纯粹是受到那个写出让人灵魂为之战栗的《北一辉论》的作者会写出什么样的小说这种好奇心的驱使，但我遭触的又是与南极海象相去十万八千里的小说。不知道我是否可以这样说：与南极海象相去十万八千里，和说与巴尔扎克相去十万八千里，几乎是同一个含义。

我这么说或许有些失礼，但村上一郎的小说技巧和近来的芥川奖候选者等文章达人的写作技巧比起来，确实显得非常稚拙。然而这种稚拙意味着什么？一个人要是缺少一份真诚，是不可能写出如此稚拙的小说的。明明稚拙却散发着一股馥郁怡人的芳香的小说，我许久没有读到了。它其中饱含的情感、轻搔人心的表达，让人情不自禁痛苦地扭搐，藏青地碎白花纹的棉布衬衣和小仓料[56]的衬裤豁

---

56 小仓料：日本九州地方出产的一种棉织物，质地厚实而柔软，多用于制作衬裤及和服腰带等。

露无遗、所有的技巧在它面前都显得那么贫薄苍白，对自己对他人的愤懑使得墨水像飞沫般四处溅射开来，整部作品仿佛是小说与抒情诗驳糅在一起，以赌上性命的姿态一吐为快。我只能说，这是一部奇特、放达，但非常优美的小说集。我一边读一边时不时地感觉它同吉田健一的小说具有某种相似性（尽管主题和文体完全不同）。

故事的概要是战时升为海军将校的"我"被追祭广濑中佐的祭文所感动，回想起自己幸运地活着迎来了战争结束，终于娶了因战争时期在死神面前徘徊而不得不掐断对其念想的女子为妻，生活虽贫穷倒也平安无事，还有了自己的孩子，但感人的祭文却深深地植入心里，令他此后陷入了无以排遣的忧闷之中。

很少有一件作品像这篇短篇小说这样，将死去的幸福与世间平凡活着的幸福进行对比，从而把让人难以二者择一的残酷如此鲜明地呈现出来。堪称地球上最美文字的祭文所包含的强烈暗示，以及其中隐含的"死的幸福"的观念，永远凌驾于世间幸福之上，村上一郎毫不惧惮将这一对最具戏剧性的对立观念赤裸裸地抛向读者，从而成就了其风格独具的小说。

贰

# 我的小说方法论

一

    我在这里并不是要抖搂我关于小说创作方法的古今东西的学识，而是编者嘱告在先，希望我透露一些自己在小说写作中的实用技法，故此，我将尽量毫无保留地与读者一同分享我的心得。

    大体说来，艺术不再具有共通的样式，而是依循了各各不同的创作方法产生的，这成为近代艺术的一个特征，甚至可以说是一个通弊。小说演进成熟是十九世纪以后晚近的事情了，因此可以说，小说是一门具有较为完备的创作方法理论的艺术。而像戏剧那样只循守经典范式和创作规则的艺术，即使在形式上有所突破，演进成为近代的戏剧，严格来讲，仍很难称其为具有完备的创作方法理论的艺术。我之所以一直对戏剧情有独钟，也有因为考虑到这样可以跳脱出小说的这种近代特性的束缚，在此我就不加展开了。"具有完备的创作方法理论的艺术"这个说法其实很矛盾，但可以毫不夸张地说，小说作为一门艺术，其诞生和发展历程中的种种蹉跌和不确定性，也统统可从这个说法中一睹端倪。

"先要对小说说'不'，才能写出真正的小说……《堂吉诃德》是在小说中写就的小说评论。"阿尔贝·蒂博代[1]的这句名言被人不厌其烦地引用，读者想必也早已熟知了。小说这种与生俱来的另类特性使得它与绘画、音乐等艺术——不容易出错走弯路的艺术——截然不同。绘画艺术有色彩，音乐艺术有声音，即使在日常生活中我们也能司空见惯地对色彩或音乐做出艺术性的选择。然而小说艺术中却只有语言、语言、语言，并且这些语言完全不受诗歌的音韵法则或者戏剧的构成法则束缚。

因而小说完全是一种自由的艺术，自由到让人拿它无可奈何。不管多么下流的语言、多么卑俗的语言，甚至外国的语言，统统尽用无妨，使用规则也没有任何的拘迫。

---

1 阿尔贝·蒂博代（Albert Thibaudet，1874—1936 年）：法国作家、文学评论家，著有《马拉美的诗》、《法国生活三十年（莫拉斯、巴雷斯、柏格森哲学）》《批评生理学》（中文亦译为《六说文学批评》)、《法国文学史》等。

在这里，我有意不探讨"人为什么要写小说？"这个极为重要的问题，就一般而言，谁都可以写小说，怎么写小说都可以。如果想写长篇作品，写上五千页稿纸也可以（估计出版的话可能会比较困难吧），想写短小的作品，写个三页稿纸也可以，一切悉由各人尊便。但由于小说没有所谓的经典方法，因而在摸索创作方法方面，批判精神扮演着十分重要的作用，一如《堂吉诃德》是在对前人的骑士小说进行批评的基础上诞生的，对既有的小说持一种批评精神，以此作为小说创作最基本的方法，是对于一个小说家写作小说的最大要求。

然而，正如我前面提及的那样，批评→方法→艺术，这样一条理路不可能如此简单打通的。小说如何克服其方法论构造的问题，仍然要回到文学命中注定的基本元素也就是语言上来，就像绘画的问题归根结底要讲求色彩和光线一样。

小说要成为一门艺术，其关键归根到底可以说在于"文体"这个词上。虽然本系列讲座题名"文章讲座"[2]，但鉴于"文章"一词在日常使用中的暧昧性，我个人实际上不怎么喜欢。

2　本文收录于河出书房编纂、1954 年 9 月出版的《文章讲座·4》。

按照我的使用习惯，我将"文章"一词与"文体"一词区分开来加以考察。举个例子来说，"志贺直哉先生的文章写得很精彩"，这么说没有问题，我赞同。但是，倘若说"志贺直哉先生的文体非常出色"，我是有异议的。与此相反，按照我个人的定义，可以说"森鸥外先生写得一手好文章，而且文体也很出色"，还可以说"巴尔扎克的文章非常糟糕，但文体堪称范本"。

文体说的是普遍性，而文章说的则是个别性。文体是观念性的，文章是特殊性的。按照日本传统文化中关于"技艺"的定义，只有个别性且特殊性的东西，才使得小说成为一门艺术。不只如此，文章还如同一个人的行为举止，伴有具体性，而且只能通过直觉式的学习进行传承。日本的传统技艺都是通过这种方式世代传承的，从来未曾建立一套近代式的方法理论。因此，倘若说纯粹以文章作为小说成立的要件，则称不上是具有完备的创作方法理论的艺术，当然也称不上是真正的小说。

文体是普遍性的、观念性的。换句话说，被称为文体的东西，不应当只适用于某个局限的环境中的局限的行为以及感觉，它应当适用于所有与人的活动存在关联的行为和感觉。只适用于描述浅草的什锦煎饼铺子的充其量只能称作文章，而文体则不仅可以描写此类物事，还适用于描述大工厂、政府内阁会议、北极航海等等，所有物事它都能够描述，且所有物事都能够被切当地描述出来。文体是小说用来解释这个世界的武器。

正如禅家所谓的"不立文字"[3]那样，只用具体的直觉的方式解释世界，对小说家而言不能不说是绝对不可行的，因为小说家首先倚仗的就是语言，就是文字，小说家是在此基础之上运用文体来解释世界的。

前面我将文章与文体进行了对比，提出文章是个别性的、特殊性的，其实两者也仅仅是在语感上存在着微妙的差异。文体可以说也具有个别性和特殊性，只不过相较于普遍性和观念性而言它们被迫退居其次了。从另一方面来说，哲学以及法学，构成其文字的术语原本就是为了表达普遍性的、观念性的概念而创造出来的，不具有个别性和特殊性的基础，所以其文体与小说文体迥然有异。倘若一位哲学家拥有深厚的文字造诣，能够毫不违和地在一大堆哲学词语中散溢出优美而独特的文字味来，我们称他"文章写得精彩"显然比说他"有着出色的文体"更加切当。

谈到文体问题，就不能不谈及小说主题这个问题。

---

3 不立文字：佛教用语，出自宋释普济《五灯会元》，为佛教禅宗的一个重要概念，认为佛法是一种终极真理，不能用言语表达和传授，禅家悟道只能靠师徒心心相印，理解契合。

小说家依凭文体这一武器与世界展开对决，因而很自然地，他一生所写的小说其主题也统统包括在了文体这个问题之中，那种被称为"主题小说"的主题呈现鲜明的小说，读者应该是熟知了的。然而，尽管说人体的核心在于骨骼，但一个美女在X射线下呈现出的骨骼是不能称之为美女的。所谓主题，应该是小说家自青年时代起，随着自我意识的逐渐觉醒、自我与世界对决的重重逼压之下，其对决姿态所呈现出来的变化和成长，虽然主旋律始终如一，但因小说家创作作品时年龄不同主题会呈现出多样性的申衍。我在前面已经谈及，小说主题的立足点是文体，同时，将主题蔓延渗透至作品字里行间去的，同样还是文体。

　　倘若文体不具有普遍性和观念性，就无法将主题均衡顺畅地落实渗透到作品的字里行间去。假定文体不具有充分的普遍性并且缺少观念性，那么，由此而诞生的作品主题自然也是暧昧不清的。虽然作者可以根据自身的成长体验，运用哲学性思维，创造出一个独立的具有普遍性和观念性的主题，但是其文体的表达能力还不足以将主题渗透落实到作品各个角落，于是某些部分便只能通过具体的个性化的文章来弥补。如此一来，作品便会失去整体的同质性和均衡性，主题生硬、说教意味十足，主题表达同感性描写犹如水与油溶合不到一块儿似的，作品沦为一锅味道古怪的杂烩，令人生厌。

这里还要谈到一个问题，即文体是小说构成乃至小说结构的重要组成部分。如同没有文体就没有主题一样，没有了文体，小说构成也不可能完成。细节到细节的转折，各个细节与作品整体的嵌合等，时时刻刻都需要文体在其中串联营置。

不只是小说，任何作品都是如此，只要是一件作品，那它首先是作为一个整体存在的。但同时，各个局部也都必须在其中发挥各自的作用。为了创作出这样的作品，我们作为小说家首先得彰示小说创作理论，由此出发，一直到最后，我们自始至终都必须依循着创作理论往前走。倘若细节写得不顺，在一些琐碎的描写上感觉束手束脚，或者一边高歌猛进一边心有旁骛地瞄向两旁，那么作品就会变得支离破碎。


二


关于小说的创作方法，我前面从理论层面和理想的角度阐述了一番，但若是说依照这样的理论就一定能够写出既完整统一又不乏精巧细节的小说杰作来，那也并没有那样简单。

小说的文体并不是依据理论法则创造出来的，而是经过不断磨炼语言，运用相关技巧而产生的。

为此，小说家需要像画家能随心所欲地运控画笔和颜料，音乐家能熟练地排列各个乐音那样进行刻苦的训练。我曾经听到过这样的说法：某位画家赴法国学习绘画，回国后展现出了长足的进步，但其进步并不是源于经常性地观摩西洋诸画伯的杰作，或者是近水楼台能够接触到海外的各种最新资讯，原因其实很简单，他只是在国外养成了每天早晨（不论想画还是不想画）必定坐在画架前勾绘一段时间的习惯，归国后也仍保持了这一习惯，同那些没有这种习惯，仅凭兴致所至挥笔作画的画家相比，自然进步就非常显著了。

实际上，说到小说的方法论，也只有"华山一条路"，全在于坚持不懈地锤炼技巧，假如撇开这一条来谈论小说的方法论，无异于空中筑楼阁。

然而，一如世间有种人天生音痴一样，有些人天生对语言感受迟钝。这样的人不写小说倒也罢了，问题是由于语言文字这东西在日常生活中必不可少，许多人笃信谁都能够运用自如，于是洋洋洒洒一写就是五百页，自以为是了不起的杰作，其实既不成文章，更谈不上文体，简直是在糟蹋纸张。

就语言来说，词语的比重、字词的音韵、象形文字的视觉效果、节奏缓急……只有对这些天生具有敏锐感觉的人，经过了反反复复的训练，最终形成自己的独特文体，才适宜进行小说创作。仅凭灵感及个人的生活经验而心血来潮一下子就闯入小说创作的人之所以层出叠见，正如前面说过的，是笃信任何人都能够得心应手地驱遣文字这种错觉在作怪，归根到底是缺乏对语言应有的尊重。助长这种错觉的肆意横行，可以说正是日本自然主义文学[4]的最大罪过。在它之前，日本的文学传统如"因言灵[5]而成为幸福之国度"这句话所显示的那样，从来都是对语言怀有一种敬爱之情的。在法国，人们至今仍对语言怀着深深的敬意。

我实在难以理解，现代日本人脑中，为什么仍顽固地留有自然主义小说具有一种"质朴的现实主义"这样的印象。现实却是，小说的"现实性"，往往与作者的自身生活经历在多大程度上被糅入作品有着极大的相关性。

4 自然主义文学：指二十世纪初受左拉的自然主义文学理论影响进行模仿性创作从而兴起的一种新文学现象及思潮，是日本近代文学的重要流派，代表人物有岛崎藤村、田山花袋、德田秋声、岩野泡鸣、正宗白鸟等。

5 言灵：语言所具有的不可思议的神力。古代日本认为语言中寓寄着神灵的力量。

我以为，自然主义文学及其衣钵继承者私小说[6]所毒害的，与其说是小说家本人，不如说是小说的读者，因为小说因此而失去了真正的读者，换句话说，读者已经丧失了将小说当作纯粹的小说来阅读的习惯。

这个问题如果往下深入，就偏离了本讲座关于小说方法论的主题，因此，诸如近代小说与自白的关系、私小说与近代小说的自白性之间的关系等重要问题，烦请参阅伊藤整先生的高见。至于日本的读者在阅读小说时如何深受"质朴的现实主义"影响这一现象，已是老生常谈，我在此仅仅提一下，就不再赘述了。

当谈到小说方法论的时候，我想强调的是，小说是不折不扣的近代的艺术、从国外引进的艺术，从这一点上说，它同西洋绘画、西洋音乐以及话剧等毫无二致。为此，我将小说视为近代艺术史的一个门类并由此展开论说。当下秉持这种观点，并且最强有力、最具理论说服力地推广这一观点的，是批评家中村光夫先生。

日本人在引进西洋文化时，最疏忽的，我以为就是西洋文化的系统性。不错，哲学与法律等学科领域，日本的

---

6 私小说：极富日本特色的一种小说形式，这类小说以作者自身为主人公，将身边的实际生活、心境和经历等坦诚地和盘托出，在大正至昭和初期较为流行，代表作家有志贺直哉、葛西善藏、嘉村礒多、梶井基次郎等。

确出色地将其引入进来并充分消化了，而艺术各学科领域，这个问题却完全被忽视了。

概而言之，日本艺术史诞生至今，其领域归属及划分几乎一直是混淆不清的。初期的物语文学是由歌谣歌词演进而来的；戏剧则始终无法成为一个独立的文学形式，结果只能被归于丰富而繁杂的戏曲范畴；颇具讽刺意味的是，俨然成为一种单独文学形式的近松[7]的戏剧，与其称为戏剧，不如归类于说唱故事[8]更恰切；音乐则一直以来都是依附于歌词的；至于小说（此处有意将小说的定义范畴进行了适当的扩大），更是连短篇小说与长篇小说的区分标准尚且暧昧不确，不仅有像《堤中纳言物语》及后世的《春雨物语》等纯粹的短篇集，也有如《源氏物语》那样的长篇小说，该作其实也是由五十四篇故事连缀而成的，而井原西鹤的长篇小说也不过是连作[9]形式的长篇作品而已。

再看西欧，希腊虽没有短篇小说，但其叙事诗、抒情诗、

7　近松：指近松门左卫门（1653—1725 年），本名杉森信盛，别号巢林子等，日本净琉璃及歌舞伎狂言作者，代表作有《曾根崎心中》《女杀油地狱》等。

8　说唱故事：日本说唱艺术的一种形式，相对于抒情性的谣曲，更偏重讲述叙事性的故事。

9　连作：由同一主人公串联起来的多个故事或多个具有一定关联性的故事系列组成的作品。

悲剧、喜剧等，诞生于不同的时代并各自独立发展，散文也在阿提卡[10]地区得以发展和成熟。可以说从很古老的时代起，各门类的文艺形式已经呈现出各自明显的特色，再经由亚里士多德的百科全书式的博学研究，从而构筑起了一个完整的古代文化体系。

这个可以称为文化构成力吧，或者称之为知识与逻辑共同推动历史进程的力量。如果没有科学性的分类，也就没有科学性的综合。小说也是一门诞生于西欧的艺术，因此可以概而言之，它已经被天然包含在了一个大的文化逻辑构造之中，同时，这种文化逻辑构造又推动小说从其他艺术分野中分离出来，成为一门可识别的独立的艺术。单就小说作品来说，在被称作"长篇小说结构"的作品中，可以清楚地看到其中蕴藏着的西欧文化的底色，就如同世上每一栋新建成的大厦那样。

因此我认为，在主张小说应该像《堂吉诃德》那样是"在小说中写就的小说评论"之前，必须从"小说是什么"这个问题开始写起。这种原理性的思考，实际上是我们创作小说时的一个根本前提。与此同时，就日本来说，这种思考正像蒂博代所说的那样，也是对日本既有的自然主义

10 阿提卡（Attica）：指阿提卡大区，位于希腊东南部，为一伸入爱琴海的半岛，首都雅典即位于此大区。

末流小说"在小说中写就的批评",接下来的问题才是："我们为什么要写小说？"

## 三

我在前面有意回避了形而上的论述，因为这已经是老生常谈的问题，并且若从一个落伍的小说作者口中重复说出来，那这个小说家似乎就有点心理问题了。众所周知，在日本，以花道[11]老师及长呗[12]宗师为甚，一向是很重视天启的，小说家也不例外。

小说家是否必须诚实？这样的提问实在太愚蠢了，身为人当然应该诚实。但请恕我用稍稍大胆一些的说法来表达，正如对一个人而言，有的时候正直是美德，但有的时候谎言也是美德一样，对小说家来说事情也同样如此。仅仅要求小说家贩弄诚实，不啻是一种伪善。若问小说家的美德是什么？可以说不同领域的艺术家的道德标准是参差不一的，对小说家来说，真心实意地全力以赴投入于创作中，就是最大的美德，除此以外别无选择。哪怕个人的私

---

11 花道：插花艺术，一般指的是鲜花插花艺术。

12 长呗：指江户长呗，三味线音乐的一种，作为歌舞伎音乐产生并发展于江户时期，分为歌舞伎或舞蹈演出用的长呗和演奏会用的长呗。

生活如修身教科书般自律结持，但如果他创作小说时缺乏职业道德的话，那也还是一个缺德汉。

在开头部分我曾提到过，我不会抖搂个人的古今东西的学识，而是坦率地将自己的心得与读者分享。读者读到这里，想必已经开始觉得不满了，不过我迄今所谈说的原理性的问题,在我写小说的时候始终会在我的脑海中徘徊，这个问题的复杂性与难度给我带来极大的精神疲惫。这就是当我要公开我的写作心得时，无论如何都要以这个问题为前提的原因所在。

我创作小说的时候，总会感到极其困惑，困惑得令我不知如何才好。有时候我甚至会想，躲在日本东京的一隅写小说这件事大概根本办不到吧。因此坦白讲，我得先同这种不可能达成适度的妥协，然后才能开始写作小说。从这一点上讲，我也是个缺德汉吧。

为了尽可能写出好的小说，我认为必须先要对素材了然于胸。大概所有的小说家都会这样想吧。要建立起对素材居高临下进行鸟瞰的视点，需要花费很长时间，当素材被包裹在现实这层外壳中的时候，各种素材的分配、预想、构成等这些都无法完成。小说必须重新构筑一个不同于现实的现实，且让这第二种现实跃然稿纸上。

就我来说，当开始在脑海中酝酿小说腹稿的时候，最要紧的是耐心等待，短篇小说的话一定要等到最后的场景，长篇小说一定要等到关键场景，且要等这一幕幕影像统统活龙活现地在脑海中浮现出来才行。这些影像不能只是普通的故事场景，而应当清晰地具有小说含义、能令我感到强烈震撼。当某个具有象征性同时又具有视觉性的场景在脑海中浮现时，它给予我的不仅仅是视觉性的感动，还唤起了我的音乐性的感动。我品味着音乐，不知不觉间，作品的文体自然而然也就定下来了。我这样说，或许有人会产生误解，以为小说家写的每一部作品文体是随意变化的，事实上，就如我们的灵魂无法脱离我们的肉体一样，小说家的文体是不可能完全挣脱其独有个性的。当然，小说家对于创造的自由多会自我策励，不太愿意囿于个人的能力极限。

当作品的人物形象给我带来一种强烈的象征意义时，我就该决定作品的主题了。此时我会产生焦虑，生怕这个主题得而复失，于是我尽可能地将它牢牢抓在手边，慢慢地加以咀嚼、斟酌。渐渐地，主题还有各个主要场景逐一浮现出来，各场景及人物的浓淡与比重也都明晰起来。

我往往等不及作品的人物形象十分完备、所有细节也宛似小说已经写就似的全部浮现于脑海才开始动笔。侦探小说另当别论，通常的小说若是等这些统统完备之后再动笔的话，一方面写作欲望会消减，另一方面有些细节也会从脑海中逃逸掉。当然，作品的整体概貌我是心中有数的，虽然之后会有修改，有时甚至是彻底的改订，但通篇的面目已经成竹在胸，至于个别细节，可以暂时搁置留待之后再处理……到了这一步，距离小说顺利写成就不远了，此时我的心情无疑是十分愉快的。

而小说即将完成的时候，这种愉快的心情却一下子消失无踪了。每一行文字似乎都变成一堵墙，变成对抗雕刻家手中那把凿子的坚硬的大理石。这个阶段的工作相当于每日的训练，用德语说是 Tagewerk（每日的工作）。正如对一个士兵来说，训练即是实战，实战同时又是最好的训练一样，光有训练却无实战经验是不可能成长为一名优秀士兵的，不写小说光是练习素描也成不了小说家。每一篇小说新作的写作过程，都是一场全新的实战训练，坚忍和意志力是不可或缺的。

既为作者着想，也是为读者着想，长篇小说在一段扣人心弦的紧张情节之后，通常会安排一两个让人感觉舒迟的轻松场景。这种时候，情节虽轻松但仍能够保持结构不松散，往往仰赖作品的文体。一般可以通过文字细节的强弱缓急，加上各种语调语感，使得文字保持连贯且同质，贯穿至各个细节部分、各个段落。

长篇小说的各章、各节、各段落都能完美收住的话，将会给作者本人带来无比的愉悦。运用暗示性的对话来收煞，是最容易也是最有效的方法，我就经常使用这种手法。而以叙述性文字来收煞，则是最难，但也是最老到、最值得回味的方法。

　　长篇小说如何结尾非常考验作者的功力。泉镜花那样的浪漫派[13]小说家每每会运用一些异想天开的新奇手法。泉镜花的《风流线》虽然可以称作通俗小说，但到了结尾部分，短短的"大水牛"一章宛似希腊悲剧的最终幕，大半的出场人物都被干净利落地斩杀了。让人觉得不可思议的是，这个痛快淋漓的结尾竟让《风流线》读来有一种庄严的感觉。

　　像德意志的那种成长小说，似乎原本就不适合安排一个收煞的结尾。古今东西的许多小说大家不是让主人公死去就是以出家修行（如《巴马修道院》）作为结局。我以为，长篇小说与其采用自以为得意的暗示性结尾，不如干脆以一个大时代的终焉作为故事结尾，这样似乎更符合长篇小

---

13 浪漫派：1935 年，保田与重郎、龟井胜一郎等人创办文艺杂志《日本浪漫派》，标志着这一文学流派正式诞生，赞同该派文学思想或具有相近风格的作家被统称为浪漫派，代表作家还有中岛荣次郎、中谷孝雄、伊东静雄、太宰治、檀一雄等，作者三岛由纪夫也被视为深受浪漫派影响的作家之一。

说的厚重本质吧。这是长篇小说与短篇小说结尾的不同之处。

至此，一篇小说已经完成。书写最后一章时的昂奋状态与幸福感是无法形容的。但是一旦作品完成、昂奋难抑的一夜过去，就又会被笼罩在一种难以言状的空虚感之中，这是小说家的常态。人们常常将小说创作的过程比作怀胎和生产，不过很少会有一个母亲在产下胎儿之后感觉如此空虚的。与这种空虚感更相似的，是男人性交之后的那种感觉。于是，我只能喝酒以求排遣。过了一段时间，为了再一次体验那种空虚感，小说家便重又在桌上摊开了稿纸。

# 我的创作方法

一

　　先把结论说出来的话，那就是，我在创作方法方面所进行的努力，最终是为了激发自己的潜意识，使其达到最为敏捷的状态。倘若潜意识处于不受控制、漫无边际的状态，我就无法让它活力十足地工作起来。对有的小说家来说，蔫头耷脑、混混沌沌的反倒有利于激发潜意识，但我不属于那一类的小说家。我如果不先将方向和目的清晰地定下来，精确地选择通往那儿的路径，我的心就无法自由自在地出发徜徉。

　　我曾经认真地制订了一个赴墨西哥旅行的行程，回国后一位十分熟悉墨西哥的友人却对我说，你看到的不能算是墨西哥。他说，只有在兴之所至、不赶时间、轻松安乐的旅行者眼里，才能欣赏到真正的墨西哥风情。的确去墨西哥还可以这样玩。但我所看到的墨西哥，也是墨西哥。友人还揶揄道，你的墨西哥之旅简直像官员外游，根本不是艺术家的旅行。不过这一点我不敢苟同。

去往那样一个国度，航班、酒店、一路上的交通巴士等，不事先加以确认的话，后面就会遇到意想不到的劳心劳神的事。为了让自己的梦想以最纯粹的形式达成，我不想被一些琐碎杂事、意想不到的麻烦、困惑甚或进退两难的事态搞得心烦意乱以致不得不变更行程，我只是想将那些所有可能遇到的烦劳在踏上旅途前就统统解决掉。这样做，虽然一路上可能不会有意外的惊喜，但不出现意外波折的可能性也大增。再说，一如众所周知的那样，跟意外波折比较起来，旅行中的意外惊喜大概只有百分之一、千分之一吧。

这样的旅行，非要命名的话，大概可以称之为古典主义的旅行法吧。古典主义是和重视方法论以及严谨的科学分类相通的，我虽不认为自己本质上是一个古典主义者，但在方法论上却显然是一个古典主义者。依据我的这种旅行方法，一年的旅行与三天的旅行不仅仅是时间长短上的差异，而且是方法论上完全不同类型的旅行，就如同长篇小说与短篇小说的差别绝不仅仅是篇幅长短的问题。

小说虽然拥有文学艺术的资格，但却是其中最奇怪、最自由也最驳杂的一种文学形式。在它的诞生和发展过程中，构成其主要特点的，就是它乃所有文学形式中最具活力的。它的"自由"这一存在前提本身就包含了诸多问题，其卑劣之处在于，如果说艺术的创造者与欣赏者之间没有一种约定则不可能成立的话（其实不仅仅是艺术，体育运动以及游戏等也都是如此），那么小说则事先没有任何既定的约定，而是按照作者的个性随时随地订立某种约定，且其中最重要也最具特色的一个特征是，它还装作创造者和欣赏者之间仿佛从一开始就有着某种约定似的。

　　从传统上来说，小说形式无法彻底摆脱浪漫主义的不拘形式及尊重个性，因此它自然而然地变成了个性先行的艺术，而不存在什么古典的普遍性的形式。

　　然而颇具讽刺意味的是，正因为如此，没有一门艺术像小说这样背负着方法论这一宿命的意识并一直受其扰烦。这是因为，假如它以古典形式作为理所当然的前提条件，那么接下来的创作过程就完全自由了，但小说如果想依从其原本的使命，做到完全自由的话，不管你愿不愿意，就必须确立一种方法论。

　　隐伏于自由这个问题中的种种反论，于是也原样不动地适用于小说。小说创作自身绝谈不上是一个理性的作业过程，但是在方法论这个问题上，小说却较之其他艺术不得不更加理性。

尤其是，在它身上还潜藏着许多导致伪小说派生的原因，因此只要方法论足够理性，即使实力匮乏，照样可以打着"小说"的名义招摇于市，甚至一些完全不具魔力的作品，也有可能获得"小说"许可证。这些都是小说这种艺术由自由产生的结果，它既是一种形式主义，又极易因"由自由催生出来的形式主义"而衍变为种种弊害。基于这一点，我不能不对所谓的"新小说"抱有怀疑的态度。

二

来说点稍稍具体的吧。

我创作一部长篇小说的具体方法大概如下：

第一步，发现主题。

世间以为小说是以"不同寻常的素材"加工出来的伪大有人在，其中还有人将一些素材提供给我，然后却因我许久也没有将其小说化而对我非常不满。

小说素材可谓遍地都是。然而，其中恰好在某个时点同我内心的某种欲求相契合的素材却极难觅得。小说家可以说就像一个个揣着手电筒在漆黑的夜路上徘徊探寻的人。有时候，路上的空啤酒罐头在手电筒光的照射下，闪射出刺眼的亮光，这时候，我们就找到了我们想要的素材和主题。

有些素材给予我的魅惑，开始的时候我并不明了，不知道它们为什么会对我产生如此魅力，但无意识间，我会从素材中发现其时自己的内心欲求与之恰好契合的东西。这种不可名状的魅惑，与其说是素材的自身属性，莫如说是投射在素材上的我的内心欲求。不知不觉地，我从中发现了小说的主题。

但我基本上不会在这个主题仍处于暧昧混沌状态的时候，立即动笔开始创作。我会先反复品酌、究识这些素材，筛选一遍，悉力拣选出其中的精髓。然后对无意识中被其吸引的自己的内心进行分析研判，这就意味着要将它们拽出来置于意识的阳光下晒一晒。对素材要摒除它的具体性，将之提炼凝缩成抽象事物。

与此同时，另一项作业便是让主题向自己靠近，让自己渐渐和主题同一化。这需要一点时间，短则半年，长的话可能需要数年。在这个过程中，如果自己无论如何也不能与抽象化了的主题同一化，则只能放弃创作，别无他法。

第二步，是要研究环境。

假设我决定了要根据手上的素材以及主题创作一篇小说。

接下来的工作，是要将一度抽象化了的主题尽量再放到精细的具体事件中浸渍。这是一项很初级的工作，要尽量多听别人的谈述，迈开腿走出去，不管多么琐屑零乱的事情都要尽可能采录下来。

假如是取材自新闻报道的小说，审判记录以及警方的调查报告等都要尽可能去查阅。即使是完全架空的故事，为了赋予出场人物以具体性，其职业细节、生活细节等等也必须仔细斟酌。倘若主人公是个上班族，最好同相关企业联系沟通，争取到企业办公室去坐上一天。

不过在这个阶段，我最花功夫的事情是将风景和环境统统记录下来。日常生活中，我们一般不会对自己身边的事物格外关注，因此，即使对某个人，对从事某个职业的人已经详尽地了解其行为，记录下其谈述，捕捉到了他的生活感觉，往往还是无法十分具体地抓住早已经沁入其身心的周围环境对他的影响。

小说因为其虚构性（自然主义小说完全是凭空虚构的），必须对实际生活中的人本身感到麻木了的环境加以精细的描写，以帮助读者通过环境描写而对故事人物产生情感移入。

为此，我会在作为小说背景的场所慢悠悠地闲逛，仔细观察任何一件细小的事物，用文字记录成示意图。由于通常都是未知的场所，此时的我会有种非常新鲜的感觉，不言而喻，与居住在此地的人们的感受截然不同，而在小说中则必须将这种新鲜的感觉与钝感麻木了的生活感觉很好地缝合起来、配合起来，从而创作出较现实更具现实感的生活场景。当这两者达到巧妙的平衡时，小说就能产生一种强烈的现实感。

常常，我对于风物较之对于人物更容易受到情感触动。这对于一个小说家来说似乎有点麻烦。我想，这或许是因为，人物映入我眼中的只是被抽象化了的要素，我往往只会被其各种问题所吸引，而风物虽默然无声，却仿佛人的肉体一样，顽强地拒绝被抽象化。自然描写实际上是件很无聊的活儿，早已是落伍于时代的陈旧技法，但在我的小说中它一直占有着重要的地位。

此外，这个阶段我还会疯狂地购买各种参考书籍。术语、方言、特定社会阶层的用语、隐语（高见顺先生就在《厌恶的感觉》中使用隐语而获得了非常成功的效果）等，对于保障作品中的世界的自律性而言都是非常重要的因素，因此，在这个阶段我经常会在这方面进行一番研究。

第三步，谋划小说的框架。

这是一项机械性的作业。从一开始就制定出包括各个细节的清晰架构是不可能的，往往是在写作的过程中自然而然地将一些细节唤醒，导致不得不对后面的结构进行修订。因此，创作之初就谋划小说框架，不过是给自己一个宽心丸而已。

这个时候，尚未动笔的小说犹如一只滑溜溜的球，逐渐成形，并一点点朝自己滚来，然而此时，我一时还找不到它的入口或是出口。

此时勉强动笔开写的种种努力，多半会以徒劳而告终，不妨先大致确定一下开头、中间及结尾，同时设定一些主要情节就可以了。就我而言，比较起来我更偏爱戏剧式的结构，基本上我的小说中共通的一种结构就是，序幕拉开后各种冲突先后呈现，然后逐步推至高潮。少年时代，我就已经从拉迪盖[1]的《德·奥热尔伯爵的舞会》中学到了如何将故事高潮进一步强化的方法，我至今顽固地保留着不喜欢那种平面式展开的癖好，拉迪盖的故事高潮设定，堪称建筑式的。我从一开始谋划整个小说框架的时候就对故事的高潮进行了精心设计，既然是高潮它就必须足够高，必须高到像难以触及的天花板那样。为此，我会事先安排

1 雷蒙德·拉迪盖（Raymond Radiguet，1903—1923 年）：法国小说家，作品受到法国心理小说的影响，著有《魔鬼附身》《德·奥热尔伯爵的舞会》等。

好在什么地方屈膝蹲身，在什么地方展腰跃起。

第四步，进入写作。

当开始动笔写作的时候，之前的所有准备、所有努力统统一笔勾销，一度那么清晰地了然于胸的主题再次变得模糊起来，仿佛主题玩起了隐身，像地下水似的沁入各个细节中，最后汇成一股瀑布冲落下来。

动笔之前看上去已经刻印在脑海、轻轻松松注集于笔尖的那一切，如今每一处都充满了困难。按照迄今的如意算盘，自己的写作能力、写作技巧等当然也早已盘算在内了，看来我还是不知不觉中犯了一个错误，自己对自己抱有过高的幻想，选取了一些完全不适合我的素材，而等到此时，才猛然意识到之前自己一直都被蒙在幻想中。可话说回来，对自己的能力和技巧洞若明火、不抱一点点幻想的小说家，到底是幸福还是不幸呢？

如此一来，方法论什么的统统都变得无关紧要了。我只得硬着头皮同细节格斗、同语言格斗，一行一行地写下去。当故事展开不顺的时候，每每给予我佑助的，就是笔记本上写得密密麻麻、十分详细的用文字记录而成的风物示意图。

透过文字，它唤醒了我脑海中初见它时的那份情感。于是，我宛如再次面对着那样的风物，从中获取某种"具体的"东西。当这样的作业满足了伏流于地下、一直在暗中监视着我的爱挑剔的"主题"的时候，小说便恢复了呼吸，重又顺畅地流动起来……就这样，经过数十次、上百次的绝地逢生，小说终于克服种种劫难，一路走向它的终点。

# 关于小说的技巧

通常认为，音乐及造型艺术有着严格的技术条件，而对文学似乎要求就不那么严格了。文学的材料是语言，而至于语言，一般人只略经训练以应付实用文章的写作，并且往往旁推至其他各类文章，却没有经过专门的技术训练。其实文章技巧这个词，就已经朴素地道出了一般文章与专门文章的区别。在这里，将艺术性朴素地归入了技巧的范畴，而技巧这个词，正暗示了文学技术是一种极其特殊的东西。

原则上，广告美术也要求适从于绘画的技术条件，歌曲也要求适从于音乐的技术条件，唯独文学，一般认为其技术条件模糊不清。就日本来说，汉文以及雅文[1]那样的

---

1  雅文：又称拟古文，是日本文言文的一种，即江户时代的日本国文学者模仿平安时代的假名文书写的文章。

拟古典文体，可以说具有等同于音乐及造型艺术的技术条件那样不可或缺的作用，但仅仅只是文学的历史条件，而不是根本条件。根本性的技术条件只有在韵文[2]中才能看到，在这一点上韵文与音乐的技术条件较为接近。

　　小说这种体裁的不断扩大，源起于散文天生所具有的"技术条件模糊不清"这一特性。这是一般意义上所讲的艺术性模糊不清。超现实主义之所以只在美术与诗歌获得了成功，是因为美术与诗歌所具有的根本性技术条件能够支撑其美学基础，也可以说，只有这种根本性的技术条件才能催生超现实主义。小说这种体裁的不断扩张，是朝着两个方向进行的，一个是技术的极端个性化，另一个是技术的极端一般化。个性化是向内扩张，一般化则是向外扩张，前者是对于人展开的无限的心理分析，后者是越来越深入地渗入社会和行为领域。技术的极端一般化是指，技术不是通过语言，而是通过模仿人的行为，呈现出借助行为的能量进行一般化的表象。个性化也好一般化也好，都是对散文的技术条件模糊不清的复仇，它还另外选取了不确定性作为作品的条件，试图与技术条件相互冲抵。小说中既没有戏剧式的时间流动，也没有诗歌式的时间流动（莫

---

2　韵文：含韵的文章，如汉文的诗和赋，日文的和歌、俳句等。

里亚克[3]和让·科克托[4]是例外），小说选择在未来、未知、行动及存在等概念上寻找突破，涌现出了纪德、众多的冒险小说、马尔罗[5]以及萨特。以时间作为小说哲学性主题的普鲁斯特也为了迎合形而上的时间概念，而有意将从属于小说的时间概念牺牲掉。我这里所说的从属于小说的时间概念，是指确保作品质量而不容许某种偶发变化的时间。

散文艺术的技术条件模糊不清，使得作品数量无限庞杂而质量好的却趋近于零。这也使得小说获得了这一体裁的无限自由，同时也丧失了内含一定质量的自由。换句话说，小说丧失了其作为一种艺术的存在理由。

于是技巧的问题，又回到了散文技术条件的可能性这个问题上。因为假如不考虑这种可能性的话，技巧只不过是次要的、从属性的问题。而考虑这个问题，实际上就是考虑语言的问题，强迫读者接受严格的造词训练，就像训练一个人养成对于音符、绘画用具的专业感觉一样，

---

3　莫里亚克（François Mauriac，1885—1970年）：法国小说家，1952年获诺贝尔文学奖，著有《爱的荒漠》《蝮蛇结》《法利赛女人》等。

4　让·科克托（Jean Cocteau，1889—1963年）：法国小说家、诗人、剧作家、评论家、电影导演，著述涉及文学、音乐、绘画、戏剧等诸多领域，代表作有《可怕的孩子们》《存在之难》《雄鸡与小丑》《职业的秘密》等。

5　安德烈·马尔罗（André Malraux，1901—1976年）：法国小说家、评论家，著有《征服者》《王道》《人类的命运》等。

甚至要像詹姆斯·乔伊斯自制语词那样。在他的作品中，Beausome 是 Bosom+beau，表示夜晚的美好情怀或者美人的胸脯，Shellyholders 表示宛如贝壳一样浅凹的掌心，September（九月）从语源上讲本指七月，为了消去"七"的感觉将它变形为 Saptimber，这种技术性矫正通过将语词变形使得语词更加纯正。这恰好类似于搬用汉字那样的象形文字从而取得一种视觉上的效果。乔伊斯的造词暗示着近代小说的创作方法走入了一个荒僻之地，这种方法为了满足一定的观念、一定的意象，而不惜牺牲既有的语言。个性化的方法使得语言也变得个性化了，并且依托语言——作为一种艺术素材——的传播力，试图对文学提出纯粹的技术条件要求。

近代小说无所不用其极的技术尝试，填补了近代小说的根本性缺陷，这一点很有意思。乔伊斯在这里再次对艺术提出了技术性要求。这是因为，如果对这一根本性缺陷不予填补，则作为一种技术的小说技术就无法确固，即使有所谓新的技术也只有转瞬就被遗弃这一种结果，并且小说一方面轻蔑技术，另一方面又只能被技术追赶着，受其威胁。

写这些文字的时候，我有意避免使用"方法"这个词。对于近代小说而言，方法论就是作品的思想，我在这里谈说的是技术或技巧，因为它只是方法的纯技术的一面。即使方法可以不断更新，但如果没有技术的确固，更准确地说是技术的限定，小说作品仍不可能成为真正的艺术。单单习惯于技术手段势必陷入因循守旧的窠臼，其他各门类艺术所共通的绝对的理念之路是不会向其敞开的。

从可能性这一面来理解小说这种艺术体裁，是二十世纪文学的普遍倾向。如前所述，这是由于散文艺术的技术条件模糊不清造成的。乔伊斯逼近了二十世纪文学方法的极限，再从那里回到其内含的根本问题。但乔伊斯成功了吗？

对我来说，为小说这一艺术体裁做出界定反倒是最大的问题。小说由于缺少严格的主观能动的技术条件，技术无法确固，因而丧失了根本的自由，艺术自律性也极为欠缺。因此，小说相较于诗歌、造型艺术以及音乐，存在感更弱、更加狭陋。这门弱小而狭陋的艺术，也必须在严密计量的基础上，去发现它的技术条件，换一个说法就是打开一扇门，任何一个人都可以从这里通过，并且通过这扇门后，就能清晰地看到各种艺术之间的区别。川端康成在掌小说[6]方面进行的尝试，便是在设置这样的门，雷蒙德·拉

6 掌小说：也称掌篇小说，相当于中国所称的"微型小说"，是一种篇幅非常短小的文学作品形式，强调构思精巧和语言简洁，以意境含蓄见长，日本在二十世纪二十年代一度流行。

迪盖在《德·奥热尔伯爵的舞会》中所打开的也是这样一扇门，前者的方法接近于诗歌，后者的方法则接近于戏剧。

这是为什么？为什么本意吟味小说的纯粹性却走近了诗歌和戏剧？这其实正是我尝试区分和界定艺术的意图所在。只有清晰地厘清区分各体裁各门类的艺术，才能使不同体裁间产生交互感应。一种体裁的完全成熟表明它与其他体裁是同质的理想形式，这一点假如无法成立的话，艺术也就无法存在。寄寓在影子之下的观念与躯壳是相互呼应的。

当小说体裁得到严格界定的时候，我认为可以将它作为其他体裁的试金石，从而发现纯粹的小说之所在——其他体裁经过筛选而去除，剩下的砂金便是小说了。这时候小说的技术条件，是在进一步吟味语言——国语——的基础上确立下来的。我无法预见到这会是什么样的技术条件。

对于从前代表了小说质量的文章技巧，如今不得不反其道而行之，将它用来检验小说的悖戾性。由于戏剧及诗歌所要求具有的条件被移用于小说的场合，技术性要求就转而压到了戏剧和诗歌的身上。

不妨先将戏剧的条件移用于小说来试试。此时，技巧成为一种作用力，吸引小说脱离小说而向戏剧趋近，而不追随技巧离去的小说形式便会浮现出来。小说技巧在这里所起的作用是负面的。

　　小说脱胎于戏剧，并因此获得了不少有益于自我认识的东西。戏剧是一种最为极端的表现形式，它不要求通过描写进行间接表现。此外，它的台词是瞬间掠过观众耳朵的，其思想观念的表达要么是一次性的，要么通过作品整体的象征效果表达出来，二者只能择其一。还有，它具有时间性、空间性的要求，必须准确把握时间和空间，并且它的时间经过精确计算，不会给偶发事件留出余地……

　　如果技术统统被象征化，作品的质量彻底沦为一个抽象单位，小说就会被引向一个类似时间的构造，成为一种纯粹时间形态的艺术，在这里，没有了戏剧那样的台词，能听到的只有冷漠峻厉的时间的嘀嗒声。

　　这是我梦想已久的小说形式——小说的展开就像火车一样精准地依照时刻表运行着，它所给予读者的惊喜只有一点零五分到达的火车一秒不差地准时到达的那种惊喜，除了精准性，绝不打算给读者带来任何其他的东西。这样的小说，未知的物事、出人意料的事件、突发现象，都统统按照翘首以盼的事情终于实现那一刻的自然情感来叙写，未来与过去在小说内部的诸瞬间像磁石一样亲密接吻；这样的小说，当作品中的人物死去的时候，其棺材精准称身，没有一分一毫的余隙；这样的小说，为了表明这是一个催人感动的偶发故事，必须仔仔细细地在内部清除掉所有偶然因素，所有的邂逅、所有的动作都不存在任何偶然性，就像骰子无论怎么掷都不可能出现一次偶然；这样的小说，所有的一切都仿佛星座运行一样；这样的小说，如同资产负债表一样，从头至尾均衡得像是有洁癖似的……

# 微型小说的效用

　　说到微型小说，想到的便随手写下来，至少有梅里美的《托莱多的珍珠》、爱伦·坡的《椭圆形画像》《仙女岛》、李尔·阿当 [1] 的《白鸟扼杀者》《弗吉尼和保尔》、拉迪盖的《卖花姑娘》、拉夫卡迪奥·赫恩 [2] 的怪谈小品、里见弴的《山茶花》《伊予》、川端康成的掌小说《雨伞》《夏天的鞋子》《谢谢》等、堀辰雄的《沉睡的人》《死的素描》《风景》。另

---

1　李尔·阿当（Philippe Auguste de Villiers de L'Isle-Adam，1838—1889 年）：法国象征主义诗人、小说家、剧作家，著有小说集《未来的夏娃》等。
2　拉夫卡迪奥·赫恩（Lafcadio Hearn，1850—1904 年）：英国学者、小说家，1890 年赴日，与日本女子小泉节子结婚遂改名为小泉八云，后加入日本籍，在东京帝国大学教授英语及英国文学并向海外介绍日本文化，著有《心》《怪谈》等。

外，刚才漏写了，应该还有雅科布森[3]最出色的《玫瑰花园》以及阿波利奈尔[4]的众多小品。

轻而易举便能列举出这么多作品，简直可以汇编成一本世界微型小说全集了，肯定能做成像珠宝盒那样玲珑精美的全集。

在人的意识世界中，既有对巨大的物品的嗜好，也潜藏着对小巧的东西的嗜好。将自己凝缩至小巧的物体内部的欲望，与将巨大的物体囊括至自己掌中的欲望，说到底是没什么差别的。王朝时代的淑女穿着撑开来几乎可铺满屋子的裙子，但与此同时，她们对于纤小的戒指又竭尽奇思，别出机杼。

作品不可能像一件衣裳，完全合乎作者的身幅。假如完全合乎作者的身幅，作者就会被束缚死了。不过，读者很容易产生一种错觉，似乎完全合乎身幅的衣裳是作者自己裁制而成的。可作者裁制一件完全合乎自己身幅的衣裳，就无法创作作品了，而且，认为存在着看上去完全合乎作者身幅的作品，这一观点本身就很可笑。这里必定有一个

3　詹斯·彼得·雅科布森（Jens Peter Jacobsen，1847—1885年）：丹麦诗人、小说家、植物学家，著有小说《玛丽亚·格鲁普夫人》《尼尔斯·伦奈》等。

4　纪尧姆·阿波利奈尔（Guillaume Apollinaire，1880—1918年）：法国诗人、小说家，达达主义及超现实主义等前卫艺术的先驱之一，著有小说集《异端派首领与公司》《被杀害的诗人》等。

替代机关。这个替代机关就是作者与作品中的主人公为同一人这种骗术。私小说之所以饱受非难，应该就是因为这一点吧。说起来，我一向不认为志贺直哉的《暗夜行路》等作品是私小说。

禅家鼓吹"不立文字"，是因为禅是直截了当地标榜"听从本心，成为自己"的。在以"成为自己"为一生的追求目标这点上，文学也无二致，只不过并非其直接目标而已，如果将其树为直接目标的话，就不需要文学作品了。但是，也有全然无视"成为自己"的文学，它们被称为启蒙文学、他者的文学，抑或思想文学。作品中出现思想并不是坏事，丧失掉最终的目标才是坏事。

有的文学，在穷尽一生走向死亡的最后时刻，开始追求听从本心成为自己，我很想将这样的文学称为纯粹的文学。据说正宗白鸟为让晚年了局发出美好的吟唱，一生都生活在沉默中。而有的小说家为了吟味在临终之时终于成了自己的那种沉默，一生都在发声，在叙说。白鸟的一生沉默，同有的小说家的一生饶舌，归根到底是相通的。

小说家会遭遇数不清的诱惑，似乎有种幻景，人在长长一生中完全可以顺心遂愿地成就自我。比如说，生活中的很多诱惑即是如此。生活中，许许多多蠢动不息的家伙并不是披着小羊皮的狼，而是披着人皮的非人类，他们一个个装出一副"自己才是人类"的嘴脸，假装只有他们才真正地活成了自己。他们麇集于市，形成民众，天性彷徨犹疑的艺术家们对这些看似大彻大悟的民众心生憧憬，也不是没有道理的。

为了脱逃出轻易能够成就自我的陷阱，纯粹的小说家不得不迂道远离它，最好是迂绕得比任何人都要远——因此，纯粹的小说家其方法论也不得不以最不纯的形式呈现出来。如果不是这样，那么其纯粹性必定是伪装的。为了一分纯粹性，必须牺牲掉千万分纯粹性。

并不怎么了不起的长篇小说，于是就成为二十世纪最初十年许多小说家坚守纯粹性的一种方式。普鲁斯特是这样，托马斯·曼也是这样，他们并非出于摹写社会的需要，而是在这个困难的时代为了坚守纯粹性必须借助宏大篇幅这种遮人耳目的花招。他们很清楚这一点。十九世纪的人们发明了许许多多轻易就能听从本心只做自己这一类的陷阱，但十九世纪没有一个人掉入这种陷阱中，倒是二十世纪的人前赴后继地掉入其中。艺术家举步维艰的时候，民众走起来就步履轻盈了，因为只要艺术家掉入为自己准备的陷阱，民众便可以安心无事了。二十世纪不能说是绝望的世纪，而应该说是乐天主义的世纪，在这个战争不绝的时代，也只有成为乐天派一条路。

出于对纯粹的欲求，小说家不仅会迈向篇幅庞大的长篇小说，自然还会迈向篇幅极小的微型小说。但我以为，篇幅庞大的长篇小说也好，以小说来说篇幅过于短小的微型小说也好，作为一种小说样式而言，都是极不纯粹的。合乎自己身幅的衣裳只是一种低纯粹度的样式，绝不能为了一分纯粹性去牺牲掉十分纯粹性，而篇幅庞大的长篇小说和微型小说这类极其不纯的样式，正是在要求作者为一分纯粹性而牺牲掉成百上千分的纯粹性。

这正是恶人的阴谋。当沉浸于书写过于冗长的长篇小说或过于短小的微型小说的时候，小说家是无法保持那副"诚实的面孔"的。过于庞大是一种恶，过于短小也是一种恶。

长篇小说以其作品本身展示了为求得一分纯粹性而牺牲成百上千分纯粹性的可怕的马基雅维利主义[5]，微型小说则是将这种可怕的马基雅维利主义彻底拒之于门外，两者的差异仅仅在于是在作品中还是作品外耍弄花招而已，可怕的马基雅维利主义终究会在其中某一种样式中完全得逞。不具花招的作品难以在现代生存，一篇不具备和一部

5  马基雅维利主义（machiavellianism）：源自意大利政治家、历史学家马基雅维利（Machiavelli, 1469—1527 年），他主张为达到目的可以不择手段，"马基雅维利主义"因此成为权术和谋略的代名词。

优秀长篇小说同质同等内涵的微型小说是毫无价值的，一部不具备和一篇微型小说同质同等内涵的长篇小说也是毫无价值的；长篇小说犹如搬移至陆地的整座冰山（不足以给人以搬移到闹市中心的冰山般壮丽而震撼的感觉的话便毫无价值），微型小说则犹如浮现于大海的冰山的一部分。

如果仅限于微型小说而言，并不是所有人都可以任意进入这颗钻石的。钻石犹如水滴团成一样晶莹剔透，但水滴也无法渗入钻石内部，只有光线还有人的视线能够射入钻石中，但此时，工匠为了打磨出它的透明感和耀眼辉光所付出的牺牲，是不会被人看见的。

要在现代社会生存，有两个方法：

方法之一，是揭示生存于现代社会的艰困，并将这种凄切说教提高为一种象征，采用这种方法的人适合创作天文数字般体量庞大的长篇小说。

感觉照实描述现代社会的生存艰困好像说谎一样的人，则可以采用另一个方法，他们必须毫不踌躇地去追求一种极其纯粹的透明感，绝对无法让人看到内在的艰困。然而，小说家不可能直到临死那一刻都一直保持沉默，因此这一类人可以选择创作微型小说。

有人如果想同时采用这两个方法，也不是不可以。这两种方法应该不会造成人的精神分裂的。

真正谙识现代生存艰困的小说家，我相信，通过创作微型小说他也可以学到不少东西。通过创作微型小说他一定会明白，发现并坚守现代小说的纯粹性和透明性有多么困难，自己又是多么惬意地扼杀掉这些而生存着的。由此，也许他就会对现代诗的艰难处境、现代诗的理想形态有所理解了。

# 法律与文学

　　我在本校读法学专业的时候，特别感兴趣的科目是刑事诉讼法。团藤重光教授那时还是头角初露的新人，他的课程生动活泼，讲到"搜求证据"相关内容时，仿佛载着重物的火车向着目的地一路驰驶，激昂酣畅，论述精辟，逻辑完整，我被彻底吸引住了。我最讨厌的，则是像行政法那种实用性较强、非逻辑性的科目。

　　这一半是我的性格使然，一半则是由于战时至战后那段时期，学问成了多余之物，所有理论统统被颠覆，这反而促使我只对那些独立的、纯粹的、抽象的东西，那些只有通过其内在逻辑方能发挥作用的抽象知识感兴趣。对于当时的我而言，刑事诉讼法正是这样的学问，况且它不同于民事诉讼法等，它是直面人性中的恶的一门学问，这一点也是它的别具魅力之处。这种恶不是通过各种具体表象呈现出来的，而是经过一个一般化、抽象化的过程才被揭示出来，加上刑事诉讼法又是属于规制这一揭示过程的程序法，因而它与现实中的罪恶有两层之隔。一如监狱的铁窗在我们脑海中即代表了罪与罚的观念，这种干燥乏味的程序化过程，较之精练的干巴巴的法条字句，反倒更加强烈地弥散着人性骨子里的恶的气息。恶这种龌龊的、原始的、五花八门的可怖的东西，同诉讼法的整然而冷漠的论理构成之间的巨大反差，令我沉迷其中，不能自拔。这也是刑事诉讼学的魅力之一。

另一方面，对于文学，尤其是我所从事的小说及戏剧的创作，从技术这个层面来讲，刑事诉讼实在是最恰当不过的标准范例。因为只要将刑事诉讼中所要求的"证据"替换为小说以及戏剧中的"主题"，坦率地讲，其他技术上的问题就可以说完全一样。

我的文学观中的古典主义倾向即源于这里。不管是小说还是戏剧，全凭不容宽贷的论理这一招数，去追求看不见摸不着的主题，而把握住主题之时也就是作品应该完结之处。小说家在动笔写作品之前，不可能清晰地知道想要表达的主题究竟是什么。倘若问小说家"这部作品的主题是什么"，无异于问检察官"这次的犯罪证据是什么"，因为此时作品中的人物还仅仅停留在案件嫌疑人的阶段。当然，我说的并不是作品的故事主线和情节构成。从一开始作者就清楚地知道故事主题的小说，只能是推理小说，而我一向对推理小说毫无兴趣的理由也就在于此，和它的表象相反，推理小说这种体裁的小说其实是距离刑事诉讼法的理论最远的，换句话说，它就是一个仿制品。

基于这样的理由，我对刑事诉讼极其感兴趣，不过并没有更深一步地进行过专业学习。这是理所当然的。因为于我而言，我并不是对法学相关学术本身感兴趣，最终我是要将法学变形为文学。我是一个缺乏朝气的学生，现在回想起来，也浮现不出什么特别愉快的有关学生生活的记忆。我之所以对母校并不抱有多愁善感的爱，还有一个原因是，我做学生的时代是那样一个在放学路上连一杯咖啡都喝不上的时代。

# 我的小说写作方法

以前，曾经有一位研究法制史的友人对我说过，你的小说创作方法，同法制史的研究方法相像，所以很好理解。

我没有学过法制史，在学校的时候法学倒是啃过一些。我感觉特别相像的，是刑事诉讼法。听刑事诉讼法的课非常有意思。

我并不是要摆出一副学究气，动不动就扯到学术上来，希望诸位理解这只不过是做个类比。刑事诉讼法属于程序法，将刑事诉讼过程从逻辑上加以严格的规制。说到程序，它是"搜求证据的程序"，在审理终结之前，被告人还不是犯人，只是嫌疑人。刑事诉讼的过程就是对其嫌疑一路深究穷追，同时经过公平审理，直至挖出不容辩驳、无法逃脱的有力证据，最终将被告定罪的过程。

换成小说，我以为，只要将这里的"证据"替换为"主题"，其余部分处理起来都是一样的。作者在创作之前和创作过程中，对小说主题其实并不是十分明晰的。小说的主题不同于作者的创作意图，单论创作意图的话，作者没有动笔也照样可以很自得地说上一大通。有时候，作品并没有如作者意图所愿那样去写，也能成为一篇杰作，而有的时候，完全按照作者的意图写了出来，却可能因为受意图所累，成为一篇失败之作。

主题则不一样。主题首先是从假定（嫌疑）出发，其正确与否完全不得而知，随着以逻辑性为导向的追踪、挖掘，最终主题会极其自然地豁然出现于眼前。此时作品便告完结，成为一件有主题、有故事情节的完成品。换句话说，犯人由嫌疑人到被彻底定罪了。

当然，在刑事诉讼中，由于证据不充分而前功尽弃的案例绝不在少数。小说也一样，一直到最后结尾主题仍没有清晰地显现出来，导致整篇作品失败的例子也很多。要想把这条路走通，让主题显现出来，只有以假定为立足点，通过逻辑性的追踪不断深挖下去，别无他法。

程序法可以避免审理过程中出现偏向，在不必要的岔路上浪费时间和精力，从而使整个审理过程始终走在一条直道上，对审理起到了规制作用。我所认为的小说也是如此。因此，在我的小说中，所谓的有趣部分也就是脱逸正轨的东西是找不到的。不过这也是因人而异的，同小说家的性格有关，一概而言地去谈论小说的趣味抑或废话什么的，只能是流于庸俗。

法律的构成与建筑有相似之处，与音乐有相似之处，与戏剧也有相似之处。所以，就小说的方法论而言，这种构成似乎过于严苛了，不过我对于软体动物似的日本小说全无好感，因此还是固执地赞同这种严苛主义。对于任何物事，如果不能清晰地看到它的形态，我是无法忍受的。

因此，我的小说同刑事诉讼以及音乐等如出一辙，总会遵循这样一个程式：先由一个带有暗示的场景舒缓地开头，前半部分节奏缓慢、不明朗，让人不知道究竟将发生什么，然后渐强渐快，最后调动起一切因素将故事推向高潮。对我而言，这是所有艺术应有的基本形态，我不想破坏这个形态。

很遗憾，我的这种性格完全不适合每期写一小篇短文的连载形式，因为这种形式的开头数期是吸引读者的关键，而我却不喜欢在开头数期便将王牌亮出来。读者在开头几期中完全看不到故事的展开，感到实在无趣便丢开不看了，等到故事终于进入高潮时，已经没有人在看了。

# 法学士与小说

　　东京大学法学部出身的小说家，就我所知，仅有大佛次郎前辈、林房雄前辈和我三人。如果能从这三人身上找出某些鲜明的共同特点来，那么这不仅足可成为一个人一生当中的一大成就，还可以通过这项极富个性的工作捕捉到大学教育对于个人具有怎样的影响力，只可惜，他们三人并没有任何共同之处。硬要找出一点来的话，那就是大佛前辈对于法国大革命、林前辈对于明治维新、我对于"二二六事件[1]"抱有特殊兴趣。这不能不说是一种偶然的一致。

　　纪德在《借题发挥集》中曾说过："艺术家最必备的

---

1　二二六事件：1936 年 2 月 26 日，一批旧日本陆军皇道派青年军官发动政变，占领首相官邸，枪杀内大臣斋藤实、大藏大臣高桥是清及教育总监渡边锭太郎，重伤侍从长铃木贯太郎，三日后被镇压，史称"二二六事件"。

天赋是风情。"那口气似乎暗暗承认自己缺乏风情。若用日本式的表达来说，风情大概相当于一种性魅力吧。原来如此，缺乏性魅力或许是法学士的通病。不仅仅是文学表达上，现实生活中，大佛前辈喜欢纪德的传闻从未听说过，林前辈虽说思想观念上很是放得开，但也不曾发生过他为了爱情而不顾一切的事情。惭愧得很，我忝附两位前辈之骥尾，更是了无风情。前些时候大宅壮一先生就给过我一个忠告："不能放得开来一点的话，是成不了大作家的！"

可是，要说到宏大的构思、逻辑性等等，法学士却拥有极大的优势。我记得有一次，曾与我同年级的一位研究法制史的学者就称赞我说："你的小说创作方法，同法制史的研究方法很像。"

细细想来，写小说真是一件苦差事，情感与理智若是不能很好地融为一体就无法创作出优秀的小说。如果只有百分之五十的情感、百分之五十的理智，那么虽说能成为一位有良知、身心健康的绅士，却不一定能成为一位小说家。最理想的情况是，小说家必须是拥有百分之百情感、百分之百理智，也就是两倍于普通人的热情的人才能胜任，巴尔扎克、司汤达、陀思妥耶夫斯基都是这样的小说家。

日本人则似乎存有一种心结，觉得可能是因为体力的关系，不大可能涌现出这样超人般的怪物。如果以普通人为一百分，超人的极值顶多也就一百二十来分吧，这一百二十分依据不同侧重的分配决定了这个人的才能。作为法学士的小说家还大可不必地学了点一知半解的法学知识，故而其中的百分之七十又被理智占了去。

因此，学法律究竟是好事还是坏事，我一直也无法得出一个结论，甚至莫名其妙还卷入一桩案子，因小说《宴后》被指侵犯了事件原型的隐私，结果自己站到了民事审判法庭的被告席上。

大学毕业，时隔十五年我重又将《六法全书》[2] 摆在了书桌上，结果在民事诉讼法中发现了站在被告席上的自己的身影。我不禁感叹，在大学里睡眼惺忪地听老师讲解民事诉讼法时，是怎么也不会想到它将来有一天会用到自己身上吧。这真是一种很奇怪的体验。举个例子来说，就像半夜三更正在熟睡中，听到远处传来救护车的警笛声，心里想，哟，是谁突发急病了吧，不过和我没关系，一边想一边又昏昏睡去，可是不承想忽然间惊醒来发现，原来被抬上救护车的人竟是自己。之前所有知道的关于急救的知

2 《六法全书》：日本六大主要法典的法令法规汇编集。"六法"指宪法、民法、商法、刑法、民事诉讼法及刑事诉讼法。

识此时多少应该能派上一点用场吧，事实上全然不是这么回事，只能茫然地任由自己被搬上担架，像一件货物似的被扔进救护车，根本不要指望那些知识会派上什么用场。说起来惭愧，我在大学时读书一点也不用功，关于遇到这种紧急场合该如何对应，脑子里一点头绪都捋不出来。

站在法庭上，我感觉自己身为法学士的自信总算稍稍捡回来一点。不过细细想来，法庭不是为法学士而设的，它应当是为辩护律师作为代理人，运用法律为没有任何法律知识的当事人析辩并解决双方之间的矛盾纠葛而设。事实上，法庭上的原告被告双方各有私心和妄执，各有欣快和怨恨，各有恶意和嫉妒，他们有着人的所有情感，是活生生的现实的存在，说到底这样的当事双方是完全平等的，法学士也没什么了不起的。

这么一想，我不能不开始明白，自己原来背负着某种不利因素。一方面要激发起自己的情感，另一方面又要用理智克制它，在把握两者平衡的同时创作小说，这种差事使得我渐渐失去了身为一个人的活生生的天然要素。对方越是火冒三丈、怒不可遏，而我出于一个小说家的观察力就越是会以客观自居，从而无法像对方一样怒气冲冲，这就越发显得可笑……

在现实生活中，仅这一点是多么地不利，多么难以博得他人的同情。想到这一点，我应该怨自己成了一名小说家呢，还是应该怨自己是一个法学士呢？心里怎么都不是个滋味。

# 法律与烤年糕

　　电热器具大流行的今天，说到"火钵"[1]人们或许会一下子反应不过来吧。从前，人们在火钵上烧起炭火，火撑子[2]上搁一张铁丝网片，将东京人称作"黏糕"的年糕放在火钵上烤熟后当点心吃，在冬天的夜里，这可是一般家庭的一大乐趣呢。

　　火候烤到刚刚好的年糕上，会留下铁丝网片的格子网眼图案的烙痕。我总是用嘴呼呼地吹着年糕，一边忙不迭地蘸上点酱油，趁热送往口中。

　　倘若急三火四地将年糕直接放到炭火上烤，年糕立刻

1　火钵：火盆、火桶，金属或陶制，在底层积灰上放置炭火，用于取暖或热茶等。
2　火撑子：也叫火支子，置于火塘或火盆之上、用于搁放铁壶等的三脚或四脚的用具，为铁制或陶制。

就变得焦黑焦黑的、无法入口了。要让铁丝网片与炭火保持适当的间距，并且保证火的热度均等地传递到整个年糕，才能烤出恰到好处的年糕。

我以为，法律就像这烤年糕的铁丝网片。年糕象征着人、人的生活、人类文化等等，炭火则象征着人的超理性的潜意识世界，是人的种种恶魔般的冲动之源。

人，并不只是由宁定的理性聚合成的生物，而是不可捉摸的、不安分的、充满了活力与不安的生物，理性是很容易枯竭的。

人的各种活动在带来了不起的成长和进步的同时，也包含着稍稍走错一步就会粉身碎骨的危险。自古以来人们便热衷于不断地尝试消除这种内在的危险，让人只从事安全且有益的活动，但从未成功过。

无论看上去多么安全无害的活动，即使是慈善事业，其坚持不懈推动事业向前的动力，也只能是来自那可怕的炭火。试举一例：约翰·普罗富莫[3]就是自那桩丑闻事件之后，才转身成为一名热心且非常出色的慈善家的。

---

3　约翰·普罗富莫（John Profumo，1915—2006年）：英国政治家，曾在保守党内阁担任战争大臣，晚年热心慈善事业，在汤因比服务所当义工，凭借个人的政治技巧和人脉为该团体筹得大笔善款。"丑闻事件"指1963年被爆出的他与一名歌舞女演员有婚外情，而该名女演员还同时与一名苏联间谍有染，该事件间接导致了保守党内阁不久后垮台。

人这块年糕，在危险的炭火上经受烤炙，成为可口的食物，也就是成为对社会有益的人。但是，假如直接放在炭火上烤，则会变成无法入口之物，也就是对社会无益却有害的人。因此，年糕和炭火之间必须留有合适的间距，以便适当地规制两者间的作用力，让年糕烤得恰到好处，这就需要一张烧烤用的铁丝网片。

比如，一个犯下杀人罪的人，就是烤焦了的年糕。为了防止出现这种人，本来是置有铁丝网片的，但有时候，年糕掉落到炭火里的情况还是无法绝对避免。这种时候，铁丝网片也毫无办法，只能任由年糕被烤焦，换句话说，杀人者将会被处以死刑。按照铁丝网片的逻辑，罪与罚是有机的一体，杀人之罪与死刑惩罚都是突破了铁丝网片导致的必然结果，嫌犯在杀人的那一瞬间，已经触怒了地狱之火。而如果彻底追究责任的话，是没完没了的，个人责任和社会责任之间的界限永远是模糊不清的，不管怎么说，杀人这种罪行永远都是有着正常人性的人不应当犯下的重罪。一方面人类社会蒙受可怕的炭火的恩惠，另一方面炭火又是一股煽惑人去杀人的邪力。于是，由此诞生了责任不在人自身的佛教思想和人生来背负原罪的基督教思想这两种理念，然而铁丝网片可顾不到那么多。

不过对铁丝网片来说最麻烦的，是艺术这块奇妙的年糕，这块年糕让铁丝网片左支右绌，难以应付。虽然这块年糕被置于铁丝网片之上，但它随时准备透过铁丝网片去戏玩炭火。而且尤其不像话的是，明明在铁丝网片上可以烤成香甜适口的年糕，但稍不留意，它却会偷偷让人尝一口它烤焦了的、奇怪的、令人难以忘记的味道。

杀人在法律上是一种犯罪，但是描绘杀人的艺术作品只要画得足够出色却能成为经典、成为一种文化遗产。当然，它肯定是烤得松松软软、没有焦煳的。从这个意义上讲，古典名作就是一种完全犯罪。倘若它是不完全犯罪反倒更容易被缉捕，因为假如烤得整个年糕尽是焦黑的，碎得不成样子，创作者就会被扣以"公然传阅猥亵物"之类的罪名锒铛入狱。不过，艺术这块年糕最尴尬的地方却在于，即使一开始的初衷就是将年糕烤到白白的、松松软软的、香甜适口的状态，因而始终小心翼翼、战战兢兢，以免被炭火烤焦，可一旦完美烤成，哪怕在不那么热情的社会上博得良知派的伪善的喝彩，它却还是可能会眼睁睁地看着失去成为一部杰作的机会。

叁

# 我的文学

倘若在这里说，我的文学想要表现的是"这个时代"及其意义，没有读过我的小说的人或许会大加夸赞，说这位新人小说家其志可嘉；粗粗读过两三册我的小说的人也许会呵呵一笑，笑我的不知所云；而我的若干友人则可能会说，这家伙也开始炮制那种谄媚时代的东西了，从今往后和他还是不相往来的好吧。看，我就是这样被人误解的。更准确地说，是因为我的文学太自以为是，故意以一种容易被人误解的风格写作，这只能说是我的不是了。另外，不知为什么我好像喜欢被人误解，更喜欢将被误解的自己推向前台，再在这种情况下进行自我告白，这大概就是给我的报应吧。说起来，误解就像毒品，有种一旦吸食上了就难以忘怀的奇妙的味道，古来有些孤僻的作家就是终生浸溺其中，偷偷地品味那种不为人知的感觉，故而我甚至也被认为是主动耽溺于被误解之中。

　　日本文学自明治维新以来，紧扣时代潮流，以时代进步、时代思潮的对立等为主题的小说数不胜数。或许因为多是我出生之前就已经面世的作品，所以我可以毫不踌躇地说，这些往前溯回若干岁月、描写明治维新时代那个过渡期的青年们的苦闷的作品，基本上都不太可信。文学作品描述这类主题的时候，或多或少应当有意识地将社会、经济基础的崩溃乃至时世移易等置于作品背景中，这可以说是理所当然的基本要求。将这些要素统统剔除掉，去谈说"明治维新时代的青年人的苦闷"究竟是什么，只能令人一头雾水。抛开其时的政治、社会、经济背景去思考所谓"时代苦闷"，显然是错误的。当然，尽管说抛开"时代苦闷"的所有时代背景而将其抽象化的思维方式是错误的，但毫无疑问，每一个时代的青年人心里必定都有这样一种被抽象化的"时代苦闷"。这种与所有外界的作用隔绝了的"时代苦闷"，只有生存在那个时代的人才会有深刻的了解，它仅存在于同时代人的青春时代，而随着时代迁易，最先消亡的一定也是这种苦闷。当这些人老了以后，它便逐渐枯萎而逝，关于它的记忆也会模糊失真，变得极不可靠。但从另一方面也可以说，这种苦闷是有生命的，或许一个时代的本质就寄形于其中，它就像诞生于时代这个大自然的一只黑色的不祥之蝶、夭折的蛱蝶。不管后世的文学工作者有没有意识到，但凡以时代为主题的文学作品中，这只黑色的蛱蝶总是祈愿能鼓动翅膀，活喇喇地飞起来的。只要充分描绘出这只蛱蝶生存的外部自然环境，自然就可以期待在一丛树木、一条小溪、一片草原中有一只黑色蛱蝶诞生。要催生出这只蛱蝶可以采用这样的方法，即将时代苦闷归因于其政治、社会、经济背景。此外还有一个方法，则是将被抽象化了的时代的苦闷用文学手法予以种种再现，即便它早已不复存活。后一种方法类似于将死去的蛱蝶当作标本。——无论何种方法，结果都一样，让作品中重现一只活喇喇的黑色蛱蝶是不可能成功的。

明治维新尚且如此，关于社会主义思想传入日本后那个时代的人们的思想观念，我以为就更加不可信了。那个时候的白面书生们面对天翻地覆般的社会迁易吓得战战兢兢，他们的不安源于中产阶级的经济基础开始崩溃。任何一个国度、任何一个时代，当人们优裕的物质生活受到威胁、走投无路时，他们的生活态度必定会变得颓废。因此，撇开当时的社会风习，我无法想象还有什么可以形成一种那个时代固有的、特有的"时代苦闷"并值得后世眷怀的。由此我们可以很自然地发现，日本文学大体上可以分为无产阶级文学和风俗小说两大类。因为用无产阶级文学的首倡者的话来说，任何一个时代都是遵循辩证法的法则发展前进的，所谓时代苦闷就像混入经济社会发展进步这架巨大机器中的沙子。按照这种观点，社会迁易过程中只有阶级斗争这一种永恒不变的场景，所谓时代的概念没有任何现实意义。而在风俗小说家的眼里，时代苦闷不过是跟得上社会风习迁易和跟不上社会风习迁易两种世相之间矛盾互克的情状而已。

从以上方面所呈现的"时代"一词的含义来看，比较而言，作为我们所经历过的那个年代的意识投影，所谓"战争时代"中的"时代"概念是最含混不清、最叫人不得要领的，但我认为，它同时又最准确地映射了那个时代的本质。当今之时，剥离了社会、政治、经济背景，一切事情都无从说起，然而战后的青年一代却将其冠以"过渡期的苦闷""受伤的一代"抑或"最糟糕的时代的孩子"等形形色色的诗一般的名称，如同那个时代本身就是由朦朦胧胧的希望与绝望、不安与自大骄妄等不可思议地羼杂在一起的混合物似的，即使他们试图剥离掉社会、政治、经济等所有背景去回看那个时代，一种抽象化的、过于纯粹的、超时代的苦闷，仍会如同从砂石中披拣出来的沙金一样，亮闪闪地跃入我们眼帘。我坚定不移地相信，沙金的存在、一只黑色的不祥的蛱蝶的存在，远远胜过一切。

以这种抽象性——稍许用我的独断之语来说，这种抽象性或许就是一个时代的本质——为基础，来考察纯粹的小说就会明白，以往的纯粹小说的主张常常就像无奈地抛向时代的诀别之语，我们是否应该提出一种新的主张，即文学，尤其是小说，越是纯粹，就越应当成为一个时代的全息投影，成为时代最正确的投影。我每天都在祈愿自己今后能创作出可以证明我这个不无独断的主张的作品。如果可能的话，我希望有一只黑色的不祥的蛱蝶，它行踪不定的影迹会落到我的作品上。

# 自我改造的尝试
## ——对厚重文体与鸥外的倾倒

　　关于我的文体问题，似乎应该交由别人来评说。之所以明明十分清楚这一点，却还是不得不写下这篇东西，是因为每每我论及他人的作品时，总是傻兮兮地一个劲儿地谈说什么"文体、文体"的报应吧。

　　我不是从一出道起，就拥有自己独特的文体，靠着其红利卖文为生一路走过来的。这不奇怪，本来这样的人就少之又少，没有哪位作家仿佛从长辈那里继承了遗产似的，从一开始就拥有自己的文体。如同文学才能没有办法遗传一样，文体大概也是没有办法遗传的，所以它并不是一种与生俱来的个人财产。文学家往往只限于一代，文体应该也是一代而终的。

　　接下来，作为一种无聊的尝试，且将我各个年代的文体列成一份一览表，向各位献个丑。去别人家里做客，最无聊的莫过于主人拿出孩子的成长影集请你好好欣赏，我在这里带给各位的无聊，恐怕也与此相类似吧。

## 一、1940 年《彩绘玻璃》

　　化妆品销售柜台上，陈列着各色香水瓶子，好像浓妆艳抹的女子，即使有顾客的手触近，她们也装作没看见一样。在他看来，它们像一个个冷漠的女人。局限于某个范围和界限之内的液体就像一块透明的石头。轻轻晃动瓶子，会翻起如同睡眼惺忪的女人眼睛似的泡泡，但随即沉寂，变回石头。

　　退役的造船中将宗方男爵买了一大瓶香水。是为自己买的。

## 二、1942 年《水面的月亮》

　　我疲惫极了。因为斋戒刚刚结束，又得天天在宫里头忙。这个时节宫里事务繁杂，你也是知道的。总之，我现在是忙得恨不能找个地方躲起来。

## 三、1945 年《中世》

　　少年说罢又呜咽起来。他柔美的脖颈宛如芒草花儿那般轻轻袅颤，两肩像受了惊的小鹿一样微微战栗，乌发自然垂落，仿佛柳丝半遮了散溢着香气的脸庞。禅师情不自禁地抬手挥了挥，想掸除那香气。寺院的晚钟殷殷地响了起来。浓黑的夜幕莹灿灿地闪着星光徐徐降落。值日僧的身影从一条步廊匆匆移向另一条步廊，逐一点燃盏盏油灯。

## 四、1948 年《盗贼》

丈夫那副不加掩饰的疑惑神情给夫人救了场。她改变了照实说出和新仓的整个商议过程的想法，当下打定主意要编造一些话来应付一下，绝不告知实情。夫人误解了丈夫的用意，她并不知道自己这么做除利用新仓之外，还有因为爱上山内而感到愧疚的潜意识在起作用。扯谎之外不知不觉地还掺入了对山内的爱这一潜在动机，可她觉得这纯粹是出于对藤村子爵的憎恨而不得不这样做。

## 五、1950 年《星期日》

两人有许多极为相似的特征。刚才说的同庚是其中之一。底薪三千零九十六日元加上津贴总共薪金四千九百一十日元是其二。为人实诚、肯干、表里如一是其三。

金融局文书科的职员们给这两人合起了个外号叫
"星期日"[1]。这个诨名便源于这几个原因。

## 六、1950 年《青色时代》

刚走进简易营房大门，便响起了"正步走！"的
口令。疲惫不堪的学生们豁出去了，使出浑身气力踏
着步，震得地面一阵轰响。越过死气沉沉的营房庭院，
在暮色降临的起伏坦缓的原野远方，耸立在西下的夕
阳中的蔷薇色富士山美极了。

## 七、1953 年《禁色》

悠一并不后悔。虽然有点滑稽，但他确实爱着康
子。从这份难以形容和扭曲的爱的视角来看，青年执
意外出旅行而做出的种种不合情理之举，都不妨视作
是给康子的饯别。这段时间里，他渐渐动了真情，以
至已经不再惧怕面对自己内心的伪善了。

## 八、1955 年《沉潜的瀑布》

那时候，红叶漫山遍野，透过群山罅隙，在红叶

---

1 "星期日"的日文是"日曜日"，反过来写也是"日曜日"，以此比喻二人犹
　如镜像文字般互为对照。

的上空出现一座高峻的山岭，那是驹岳。作为银山三岳之一的驹岳上，却连半鳞红叶也没有，裸露的青紫色的山巅处，有几道白练似的积雪闪着银光。大雪积了两三天，还没有完全消融。驹岳耸起孤独的肩膀，仿佛以自身的存在护卫着苍穹那幽邃的静寂。低矮的群山与地上世界交悦，因而披上了艳茂的红叶，唯独驹岳却只将根基委迹于地上，而上半截却属于天界。这显示了一种坚如磐石的意志。

## 九、1956 年《金阁寺》

柏木向美求索的东西，确实不是慰藉！无言无语之中，我已经明白了。他将嘴唇对准尺八的吹孔，吹入的气息一时间便在空中成就了一份美。随之他对自己内八字腿形的不愉快的认知，较之前更加明晰、鲜活了。他喜欢这种感觉。

……

我将自己这十七年这样子浏览一遍，不由得意兴索然。十七年，并不像人们想象的那么短暂。我也到了这个年龄，该检视一下岁月究竟给我留下些什么，并据此敏感地预测一下自己的未来了。

我的文体是怎样受到了他人的影响，通过上述一览表就可以清楚地知道。一是新感觉派、保罗·莫朗、堀辰雄、拉迪盖的《丹尼斯》等；二是日本古典，以及由堀辰雄翻译的现代日语版；三是日夏耿之介，以及译介过来的欧洲颓废派文学；四是拉迪盖的《德·奥热尔伯爵的舞会》；五、很明显的（！）是森鸥外；六是译介过来的司汤达作品；七是在司汤达里加上了一点森鸥外风格的厚重味；八也是司汤达加森鸥外；九是森鸥外，以及托马斯·曼。大致情况就是这样。

可以说，我的文体同受到这些影响所带给我的变化（不一定称得上成长）是密不可分的。鉴乎此，我意识到自己出乎意料顺顺当当地度过了青年期。不，或许应该说是晚熟的青年期。为什么呢？因为，多数人只用两三年时间就经历了青年期的变化，而我却费去了十七年。


在这个一览表里，之所以没有写上《假面的告白》《爱的饥渴》《潮骚》这三部作品，是因为《假面的告白》是到其时为止我的文体的集大成，也可以说是个大杂烩；《爱的饥渴》是一段时间内在莫里亚克的影响下产生的文体；《潮骚》则是人工刻意创造的纯美而古典式的文体……基于这些理由，它们属于特例。

堀辰雄和拉迪盖绝不能看作只是富于感性的作家，像拉迪盖莫如说跟感性恰恰是截然相反的，但少年时期的我，基于少年特有的感受性，仅仅从感性角度接受了这两位作家的影响。在接受颓废派和日本古典的影响时也是如此，并且日本古典似乎也极度认可我的感受性，因此，我一度彻底耽溺于其中。战争结束后，我依然没有从这种耽溺中清醒过来。事实上，正是这种耽溺强加给我的文体，将我同战争、同现实完全切断了关系，这份恩惠我是忘记不掉的。[……]

后来，我开始从文体上重新认识拉迪盖，《盗贼》就是我打算用来作为拉迪盖体验的一次概括和总结。《盗贼》的文体，呈现的是不同于我少年时期读过的拉迪盖，完全是另一个拉迪盖。我对感受性的爱与憎，到了《假面的告白》变得非常极端，它混乱的文体说明了我的这种精神状况。鸥外清澈而知性的文体，对我来说就像是救赎一样出现了，在鸥外的作品中，看不到一丝感性的东西，但或许是他将感性的表达很好地遏抑住了。于是，我尝试着通过模仿鸥外的文体来改造我自己。

后来，司汤达那《拿破仑法典》般的文体给了我很多启迪，不过，我无法模仿它那轻盈而精妙的文体，即使硬要模仿，也变成了粗俗不堪的东西。真正轻盈，然而却带着非同一般的厚重感，这究竟是一种什么样的秘技？为了自己所追求的庄重感，我不得不重新回到森鸥外的风格上来。渐渐地，歌德以及托马斯·曼等人的作品中这种由德语的厚重感所形成的文体开始让我着迷。我喜欢厚重的感觉，可能同与生俱来喜欢庄重、严谨、卓越的东西（无论哪一种都是布尔乔亚式的嗜好吧）不无关系，同时也是为了防止文章的滑坡，因为我觉得如果我掌握了厚重的文体，就可以防止文章滑坡。事实上，对厚重文体和鸥外的倾倒，逐渐将我文章中不需要的部分，例如卖弄机智那样的东西消除掉了。

此外，我的文体的变迁，也显示出我的文章从感性到知性、从女性化到男性化的变化。现在的我，只是以一种爱惜之情喜欢那些女性化的作家。男性化作家的特征，就是知性与行动，但很少有作家是这两者兼具的。况且对于男性来说，所谓行动性，如果不伴随着知性的话，便会生出行动性与极端性暗相呼和，也就是带上强烈的女性色彩即感性色彩的危险。因此，我只喜欢知性极为突出的作家。如果按照托马斯·曼的分类，老年就是男性化的，青春是女性化的，而精神性是男性化的，肉体性是女性化的。就文体演变而言，我走过的轨迹和众多青年的轨迹可以说是一致的。我尝试通过文体来使自己获得新生，这大概与许多青年试图通过思考来获得新生一样，不是什么大不了的过错吧。

　　我一贯认为，对作家来说，文体不是表现作家的实然[2]，而应当是表现作家的应然[3]，这种想法始终置于我的脑海。也就是说，在一部作品中，如果作家采用的文体只能表现其存在的话，那么它只是在表现作者的感性和肉体性，即使读来多么个性卓然，它也不能算是文体。文体的特征与精神性和智性所追求的特征一样，相较于个性，它更应当是普遍性的。作家在一部作品中所采用的文体，是其应然性的表达，是对于某个尚未实现的目标的理性努力的表达，正因为如此，它才与作品主题互相关联，因为一部作品的主题通常都是一个尚未实现的目标。基于这种思考，我的文体与试图如实地表达出我此时此刻身处此世的意图无关，而是源于我的意志、我的憧憬和自我改造的尝试。

　　当然，它并不是我最终的文体。最终的文体，恐怕是作家在老年时结成的美好果实吧。在那里，随处是一派自在的感觉，所有的欲望都将得到满足，文体不再有生涩感，

2　实然：原文为Sein，德语意为是、存在，这里指事物在现实中的实际存在状态。
3　应然：原文为Sollen，德语意为应该，这里指事物应有的、理想的存在状态。

臻至了怀抱世界的境地。我觉得，晚年的歌德就持有这样的文体。

# 逃脱"我们"的束缚
## ——我的文学

　　按事情的顺序，我首先要给这个文学全集[1]的题目找一点茬儿。什么是"我们的文学"？说不出什么缘由，从十几岁的少年时代起，我就觉得"我们"是个挺让人困惑的、同我格格不入的词。对我来说，不管怎么样，"我们"都是个感觉难以理解的词。

　　然而，"我们"这个词也曾经有过那样辉煌的时代，那是个极为罕见的时代，我竟然被那样强制地拥有了成为"我们"当中一员的资格，并且，仿佛理所当然似的被迫拥有了那么一个资格，那样的时代，我想不会再来第二遍了。假如我死在一九四五年以前（怎么死都无所谓，比如病死也行），那么不论我愿意不愿意，我都可以作为"我们"

---

[1] 本文是三岛由纪夫为讲谈社1966年编撰出版的《我们的文学·5　三岛由纪夫卷》写的自序。

中的一员而终了此生。

类似的事例不仅仅限于军国主义。从前"序号学校"[2]的学生们一边一只手攥着白线帽[3]使劲挥舞（自己并不觉得有什么奇怪），一边齐声高唱寮歌[4]的时候，分明就有"我们"的存在。而我则不寒而栗地望着这样的"我们"。

母校在校际对抗赛中被对手打败，啦啦队员们一齐号泣的时候，也有"我们"探头探脑地现身。可我非但哭不出来，甚至一点悲伤也感觉不到，我不禁自觉惭羞。

在"超越自我＝我们＝我"这个公式里，要求每一个人都具有一种适应性，这同教养怎样、出身如何没有关系，它是一种被先天赋予的秉性。我从一开始就清楚地知道自己缺乏这种适应性。

可以说，我的文学也正是从这里启行的。而现在，却要装模作样厚着脸皮忝列"我们的文学"之中，我应该对此种行径感到愧窘才是。

---

2　序号学校：指日本旧制官办高等学校（相当于旧制官办大学的预科学校）中没有自己名称而以统一的序号冠名的学校，自第一高等学校起至第八高等学校止，1948 年后被废止。

3　白线帽：日本旧制高等学校统一戴的呢绒学生帽，其中本科生黑底缀两道白线，预科生黑底缀一道白线。

4　寮歌：日本旧制高等学校为统一寄宿制，学生宿舍称为寮，专为寮生合唱而创作的歌曲称为寮歌。

但是，"那个时候"至今，已经过去了二十年。岁月的流逝真可怕。我对现在的"我们"仍然感到讨厌，但却没来由地渐渐觉得过去的"我们"倒也挺美好的。莫不是，所谓的"我们"往往就是"青春"的同义语的缘故？不，这不可能，我的青春同"我们"绝对、绝对、绝对没有半点关系。

　　或许可以换成这样的说法：不管是现在还是过去，我和"我们"那一类事物从根本上讲是无缘的，"我们"丑陋也好，美好也罢，和我都是风马牛不相及的事情，只不过，如今我作为一个职业文人姑且已经安稳下来（多么俗气的说法），总算无须再担心违背自己的本心被吸纳进"我们"的阵营中去，这样来看的话，"我们"这个概念似乎不再像过去那么高压和可怕了，于是，它的优点倒显得可亲可爱起来，甚至看上去让人感觉到有一点美好了吧。而依据现在都是丑陋的、过去都是美好的这种伤感法则，过去的"我们"便越发显得美好了。

　　不仅如此，我现在才明白了一件事情，即我曾经那样忌惮"我们"、害怕"我们"、讨厌"我们"，坚信并断言自己与之绝对无缘，但恰恰因为如此，我其实不也属于"我们"当中的一员吗？我的青春同"我们"毫无关系这一不容置疑的事实，反过来也成为一个明证，揭示出我不折不扣就是"我们"中的一员。

这样一想，我心里不由得涌起一股又酸又甜的滋味，时光慢慢倒转，仿佛又回到了浮士德般自由游历的少年……不知不觉地，我开始明白了，假如换作现在的我，我一定会成为甘美的罗曼蒂克梦想的俘虏，欣然地成为过去的"我们"当中的一员。我依照自己的意愿，花了二十年时间才习得这种适应性，文学固然重要，但人生不仅仅是文学。明白这个道理的确太迟了，但现在开始明白过来大概还不算太迟吧……

啊，危险！危险！

文人被政治诱惑钻空使绊子，总是在这样一瞬之间。比起年轻人的盲目行动，就文人来说更危险的是怀旧。同样是冒着危险，但年轻人的冒险中有一种美好，而中年文人的冒险可以肯定大多是一场腥手污脚的闹剧，我不想闹出那样丢人现眼的事情来。

但是另一方面，我又会这样想：不管是多么滑稽的危险，回避危险本身就是一种卑怯。这是一种非常合理的想法，西乡隆盛大概就是属于这一类的英雄吧。但西乡隆盛没有花个十年时间写小说的打算，他并不知道艺术家企图抢先赢得未来的狡猾计划。不想着用现实去填充未来，而是想用非现实去填充未来，这正是艺术家最反社会的企图。

话题稍稍扯开一点。例如说东京湾填海计划，它本身是个宏大的计划，然而政治家会在那里布设四通八达的交通设施作为生财之道，官僚们会梦想着在填海拓造的土地上建设政府机关一条街，银行家则会在那里耸立起鳞次栉比的银行大厦，各有各的打算，各自随心所欲地按照自己的想法描绘未来社会的蓝图。问题是，在广袤达几百万坪[5]的填海而成的平坦的水泥地面上，试图按上数百亿颗金灿灿、亮闪闪的图钉，这样的计划是谁提出的呢？

所谓艺术家抢先赢得未来，指的就是类似这样的事。艺术家提前周到而缜密地亵渎了人们辉煌和实用的未来蓝图，且不是出于冲动和本能的亵渎，而是基于全面的计算和计划，冷静地、精明地抢先赢得未来，然后玷污它、占有它……当然只是在文字上而已。

不过，当其还处于遥远的计划阶段时，即使语言也同现实是平等的，而在历史上，语言和现实几乎是等价的。现实生活中，语言看上去好像完全输给了现实，是它正处在当下的缘故，在这个瞬间未来仍似有若无。

对这样的艺术家来说，所谓危险意味着什么呢？我对这一点非常感兴趣，并且随着年龄增长兴趣也愈加浓厚，

5　1 坪约合 3.3 平方米。

如今已为此几乎到了发狂的程度。

《钓狐》这出哀切的狂言，写的是一个可怕的故事：一只会辨别、懂深浅的老狐狸，在知道是陷阱的情况下，拼命抵抗陷阱里的诱人香饵的诱惑，但最终还是输了。这个故事如果写的是只年轻狐狸，读者肯定会觉得故事寡淡无味吧。年轻而缺少经验的狐狸抗拒一切诱惑，只会是一种具有悲壮感的自我陶醉，而对于一只经验丰富、处世老到的狐狸来说，这种抗拒是目不忍视的，是丢人的、毁坏名声的事，因此，它拼命抗拒香饵的诱惑，只是为了能够最大限度地避免虚荣心作祟。

它当然知道陷阱是什么，也知道香饵意味着什么，但这种"知道"却又显得多么苍白无力。它也十分清楚结果一定是惨不忍睹的。不过，关于"结果"的知识未必只会让我们变得毫无斗志。

在这世上，当设下陷阱的人和掉入陷阱的猎物两者处于完全静止的对立状态时，以老狐狸的处世经验和出色的智力，是完全能够清晰地把握的。这种清晰的认识一点也不滑稽，但与此同时，这种清晰性并不能保证始终可以解救人于滑稽之中。

不只是狐狸，人的成长也同样奇妙。说年轻人"未来可期"，只不过是初等数学的计算方法，年轻人绝不意味着拥有未来，只有随着年岁渐增，才逐渐确确实实地开始拥有未来，到了老年，未来才真真切切地把握在手中。（不论是象征意义上的抑或是现实意义上的，没有未来正是年轻人的特征，我很清楚这一点。）在这一点上，艺术家也好，现实家也好，实在是毫无二致。艺术家通过其反社会的欲望来抓住未来，当他成功地抢先抓住未来的时候，就意味着他成熟了。

老狐狸当然也熟知这个道理。从人类社会这方面来看，正如众所周知的，狐狸这一存在的本质就是反社会的。老狐狸从心底里蔑视那些对人类社会献媚态、拜倒在人本主义脚下、为了给人留个好印象而伪装自己的年轻狐狸之流。

不过它老了，且确实拥有未来，这就是它的重大缺陷。知识非但不能削减事物的诱惑力，甚至还会增强其诱惑力，对结果的无力感以及对失败的清醒认识，也只会令它觉得陷阱中的诱惑更加甘美。狐狸伸手够不着葡萄而认命的童话故事，就是一个瞒天大谎。

老狐狸所冒的这种危险，恐怕不是一般的危险，也不同于充满冒险精神不顾一切往前冲的年轻狐狸所冒的轻率的、非根本性的危险。老狐狸只会被彻底否定自己存在理由的危险所吸引，若不是这样的危险，对它来说就不过瘾。

基于丰富的经验和出色的智力，它会变得越来越小心谨慎，但越是这样，它所甘冒的危险就越必须能够彻底攻破它的小心谨慎才行。想象中的危险正愈加膨胀。而这危险正试图将它的存在意义彻底否定，并连根拔起地夺走它曾坚信自己一定会拥有的未来。这正是这种危险的唯一效用……这是要将它彻底打回"没有未来的存在"原形的危险，换句话说，魅惑老狐狸的最大的危险，不是别的，唯有"青春"。

•

不记得是初中还是高中时代了，我作为学校的文艺部委员，曾造访某前辈大作家，请他来学校做演讲。

面容慈和的大作家热情地接待了我这个少年客人，并和我东拉西扯地聊起天来，聊到最后他亲切地问我：

"所以……文学之路你打算走下去吗？"

这个问题让我受到了某种冲击。因为"走文学之路"这种思考方式，在我的精神生活中是根本找不到的。

那么，我当时坚持什么了呢？写蹩脚的诗和蹩脚的小说习作，和朋友通长长的文学书信往复交流，见面时只谈论文学，一头扎进文学书籍里，长着一张苍白的面孔……但我并没有使用大正时代的文学青年的用语"走文学之路"

来评判自己的生活。"走文学之路！"那种充满着教养主义的自我形成和确定无疑的生活实感，对于当时的我来说，并不是太遥远的东西。每天，我都要写满许多稿纸，然后再丢弃，这也许可以说是面对那样的时代，我为了让自己成为一种抽象人、透明人而进行的忍者训练。对抗时代的精神的秘密基地、前途漆黑的人生的防空洞……在这里，不带有一点点英雄的色彩，为了确认自己是一名时代的不合格者，我最后的藏身之所，只有文学了。

因此，当战后我成了一名作家、"走文学之路"的时候，我是颇感狼狈的，尤其是当我被视作一个时代一代人的代言人的时候，我对这种本不该有的误解十分惊愕。如今我从那种旋涡中解脱出来了，但有一句话我可以问心无愧地说出来，那就是即使身处那种旋涡中的时候，我也绝对没有依循人们所期待的那样说话，依循人们所期待的那样生活（不论是从积极意义上讲还是从消极意义上讲）。

曾有一位外国的新闻记者问我："你的使命是什么？"我当时无言作答。假如我能摆出一副经典的恶魔做派回答说"我要给人类带来死和破坏"，该是多么愉快啊。然而，这二十年间，作为一名小说家，我写的东西不要说给读者带来死和破坏了，甚至连一场感冒都没能给读者带来过，如果还有人尚没有觉察到这点，那他就是一个不折不扣的傻瓜。我的小说给人带来过生理性不适的唯一真实事例是，有位为人非常正派的编辑，读了我的短篇小说《忧国》之后，情绪低落，晚饭都吃不下去了。

战后，依照文坛的惯例，我一方面为了自己而努力写作大部头作品（major works），另一方面，说是同样为了自己可实际上只是为了糊口也写些小作品（minor works）。这句"为了自己"内含了诸多意思，而且随年龄的不同又有些许微妙的差异。

开始的时候，这仿佛"小孩子的游戏"，但不久它变成了一种"呐喊"，随后又变成了"精致的呐喊"，最后，呐喊声喑哑了。与此同时，它变成了可怕的"不满""郁快"，这种不满和郁快再精致也不可能彻底灭绝，因为通过呐喊可以使人得到疗愈，而不满则关乎不可能。于是，最后我只能爱上所有与不可能有关的不满了……

但是，我讨厌对预设的观众说话，所以我始终没有使用"他们"的语言说话。尽力避免使用"他们"的语言说话，这种自觉在我头脑中越来越强烈。孱弱的青年们有多爱孱弱的文学表达，他们只会在其中搜寻为自己的孱弱无力辩护的只言片语。这种事情，凭经验我是十分清楚的，因此，我要特别远离那样的表达，如果有必要伤感一下，我就会小心翼翼地做好准备，设法将足以致死的毒剂注入到这伤感之中。（我的笔又出溜失言了。我在前面已经说过了，文学里是没有致死的毒剂的。）

我只谈说我自己。但尽管如此，小说这种体裁就告白而言是最为不便的体裁，在所谓"仿制品的记录"这种体裁之中，没有一点点能够保证告白的可靠性的东西。将告白同小说结合到一起的浪漫派的偏见，同人种偏见可谓五十步笑百步，是一种无耻的、愚蠢的想法。按照不适合告白的顺序来排列，应该是诗歌、戏剧、小说这几种文学体裁。

•

三月……今天早晨我从三楼望出去，天空澄澈，富士山的白色山顶清晰可见，秀美壮丽，远处往常看不见的海岛的影子也依稀可见。视线近处，一户户密集的人家，很少有挂太阳旗的。

我暗自思忖：我究竟是为了什么样的日子、什么样的时代而生的呢？我的命运命令我继续活下去，然后老去，在平淡无奇的日子里坚持不懈地工作。我感觉，自己内心里那个没有被疗愈的浪漫的灵魂，时不时地会拍打着白色的翅膀，与此同时，我时时刻刻感到有种苦涩的讥诮，在啃噬我的心。

　　二十多年前，学校的前辈所说的"走文学之路"这句话，现在对我来说，越发让我感到犹如一阵轻风，拂过我的胸膛。过去的作品，可以说统统都是粪土，津津乐道谈论自己过去的成绩的作家，就好像把玩自己的排泄物似的疯子。但不管怎么样，从事文学这件事情，是智性和体力的两面作战。多亏了文学，我才能够轻蔑所有学究式的智性，才能多少拯救了肉体上的无常。仅就此而言的话，我认为文学对于精神来说（严格来讲是只对我个人的精神来说）是有效用的，况且我还多少练就了一点取悦人的街头艺人的招数。

　　我煞费苦心地为自己的作品赋予有生命力的构造，是因为我本来就知道语言这东西具有对于有机体来说非常有害的特性，就像雕刻家熟知自己面对的石材具有无机性一样。然而，只要严格按照某种配方加以调配，如同数种无机物矿物质调和在一起，它也可以成为人体的营养成分。我曾反复多次看见这样的情景：由于膨胀的幻想，现实也真的膨胀起来，由于幻想被击碎，现实也遭到破坏。这样的情形我已反复多次见识过，在人类的历史中，幻想的严密性多少有值得借鉴之处。只有依循幻想的严密性或者说严密法则而行使的幻想，人们才将其称作魔术或咒术。但是，人们从中知道了形的意味，也就是知道了建立在无数人为的条件基础上的方式具有的效果，了不起的思想也就是由此产生的。数百万人的思想，与其说是通过火，莫如说是通过形而得以左右的，因为大多数的人并不在意思想的内容。

文学最大的困难就在于此。只投以一瞥的人眼睛里是看不到任何问题的，任何想法都不可能凭空在大脑中产生。文学同思想一样，虽然要求幻想式的严密方式和形式，但终究还是不能将其有效性、方式和形式所带来的好处化为自己的东西。我常常在想，这是为什么呢？一部作品的完整形式，即使又美又单纯，也要全部读完后才能领会其形式的美和单纯。所以说，再简单的形式，命运也都注定了它将会被化为烦琐的方式。当然，任何一位作家，忙乱的社会对待其工作总是以概括性和社会印象去理解，去给它分类，而绝对不是通过其形式去理解它。文学上的形式就是文体，作家的文体就是这样孤独的东西。思想通过形式得而普及，文学通过形式却会妨碍普及。对此，怯懦的作家们不能不对思想顾盼生情。

那么，文学的本质是不可能被概括的，这样的结论是否成立呢？倘若事情如此简单的话，作家只需在自己的小说中尽量加入无法概括的因素就可以了。但即使在这里，作家仍试图从"个性"中寻求这种不可能概括的依据，而终于成为颇具罗曼蒂克个性的自动记述法[6]的牺牲品。这样的悲剧事例我们知道得太多了……

最后，当一切都变得诡怪可疑时，随之而来的就是真正的乐天主义，同任何带有主观愿景的观测都不沾边的乐天主义。我衷心地希望我自己如同一名避居荒林的铁匠，永远乐观。

---

6　自动记述法（法语：automatisme）：二十世纪初在法国兴起的超现实主义运动中被提出的一种文学创作方法，指创作者不受理性及既成概念的束缚，将脑海中自由浮现的念头或意象自动速记下来，用以表现潜意识的活动。